SCIENCE FICTION

Herausgegeben
von Wolfgang Jeschke

Von Brian W. Aldiss erschienen in der Reihe
HEYNE SCIENCE FICTION & FANTASY:

Am Vorabend der Ewigkeit (06/3030)
Aufstand der Alten (06/3107)
Der Sternenschwarm (06/3124)
Fahrt ohne Ende (06/3191)
Die neuen Neantertaler (06/3195)
Tod im Staub (06/3332)
Raum, Zeit und Nathaniel (06/3625)
Der Malacia-Gobelin (06/3625)

In der BIBLIOTHEK DER SCIENCE FICTION-LITERATUR:

Tod im Staub (06/17)

BRIAN W. ALDISS

DIE DUNKLEN LICHTJAHRE

Science Fiction-Roman

Deutsche Erstveröffentlichung

WILHELM HEYNE VERLAG
MÜNCHEN

HEYNE-BUCH Nr. 06/3945
im Wilhelm Heyne Verlag GmbH & Co. KG, München

Titel der englischen Originalausgabe

THE DARK LIGHT YEARS

Deutsche Übersetzung von Hans Maeter
Das Umschlagbild schuf Nico Keulers
Die Illustrationen im Text zeichnete Giuseppe Festino

Redaktion: Wolfgang Jeschke

Printed in Germany 1983
Umschlaggestaltung: Atelier Heinrichs & Schütz, München
Gesamtherstellung: Mohndruck Graphische Betriebe GmbH, Gütersloh

ISBN 3-453-30873-5

Für Harry Harrison
Poet, Philosoph, Bahnbrecher und Spaßvogel

»O dunkel, dunkel, dunkel. Sie alle gehen in die Dunkelheit,
Die leeren interstellaren Räume, die Leere in der Leere,
Die Kapitäne, Handelsherren, bedeutende Literaten,
die großzügigen Gönner der Künste, die Staatsmänner und Herrscher . . .«

T.S. Eliot

KAPITEL 1

Auf dem Boden sprossen neue Grashalme in Chlorophyllgewändern. Auf den Bäumen wuchsen Zungen von Grün aus Ästen und Zweigen, rankten sich um sie herum – bald würde es hier aussehen wie der Versuch eines verrückten Erdenkindes, Weihnachtsbäume zu zeichnen – als der Frühling wieder allen wachsenden Dingen auf der südlichen Halbkugel von Dapdrof die Sporen gab.

Nicht, daß die Natur auf Dapdrof freundlicher wäre als anderswo. Selbst wenn sie die wärmeren Winde über die südliche Hemisphäre schickte, ließ sie über den größten Teil der nördlichen einen eisigen Monsun fegen.

Der alte Aylmer Ainson stand auf Gravitationskrücken gestützt vor seiner Tür, kratzte sich langsam den Kopf und starrte die knospenden Bäume an. Selbst die dünnsten, äußersten Zweige bewegten sich kaum, obwohl eine ziemlich scharfe Brise wehte.

Dieser Bleieffekt wurde von der Schwerkraft hervorgerufen; Zweige wogen, wie alles andere auf Dapdrof, dreimal so viel wie auf der Erde. Ainson war an dieses Phänomen seit langem gewöhnt. Sein Körper war dabei gebeugt und hohlbrüstig geworden. Sein Gehirn war bei diesem Prozeß auch gebeugt worden.

Glücklicherweise war er nicht von dem Verlangen nach der Wiedereroberung der Vergangenheit befallen worden, das so viele Menschen niedermacht, bevor sie in die mittleren Jahre kommen. Der Anblick von jungen, grünen Blättern erweckte in ihm nur eine sehr vage Nostalgie, rief nur eine schwache Erinnerung daran wach, daß er seine Kindheit unter Laub verbracht hatte, das stärker auf einen April-Zephyr reagiert hatte – auf Zephyre außerdem, die hundert Lichtjahre entfernt geweht hatten. Es stand ihm frei, vor der Tür zu stehen und den größten Luxus eines Menschen zu genießen: einen leeren Verstand.

Träge beobachtete er Quequo, das weibliche Utod, die zwischen ihren Salatbeeten und unter den Ammp-Bäumen entlanglief, um ihren Körper in den Schlamm zu werfen. Die Ammp-

Bäume waren immergrün, im Gegensatz zu den anderen Bäumen innerhalb von Ainsons Umzäunung. Im Laub an ihren Spitzen saßen große, vierflügelige, weiße Vögel, die sich gerade dazu entschlossen, loszufliegen, als Ainson zu ihnen hinaufblickte; sie flatterten durch die Luft wie riesige Schmetterlinge und warfen ihre Schatten auf das Haus, als sie an ihm vorbeiflogen.

Doch das Haus war bereits von ihren Schatten bedeckt. Ainsons Freunde hatten in einem Drang, Kunstwerke zu schaffen, der sie vielleicht einmal in einem Jahrhundert überfiel, die weißen Wände seines Hauses mit einem wirren Durcheinander von silhouettierten nach aufwärts strebenden Vogelkörpern und Schwingen bemalt. Die Lebhaftigkeit dieses Musters schien das niedere Haus gegen die Schwerkraft aufschweben zu lassen; doch das schien nur so, denn in diesem Frühjahr war der Firstbalken aus Neoplastik durchgesackt, und die Stützwände wölbten sich erheblich nach außen.

Dies war der vierzigste Frühling, den Ainson über sein Stück von Dapdrof ziehen gesehen hatte. Selbst der durchdringende Gestank der Suhlen roch jetzt nur noch heimelig. Während er ihn in die Nase zog, kratzte ihm sein Grorg, oder Parasitenfresser den Kopf; Ainson griff nach oben und kraulte den Schädel des kleinen, eidechsenartigen Tiers. Er wußte, was das Grorg wirklich wollte, doch um diese frühe Stunde, wenn erst eine der Sonnen am Himmel stand, war es noch zu kalt, um mit Snok Snok Karn und Quequo Kifful und ihren Grorgs im Schlamm zu suhlen. »Mir ist kalt, wenn ich hier draußen stehe«, rief er Snok Snok in der utodianischen Sprache zu, »ich gehe wieder hinein und lege mich hin.«

Der junge Utod blickte auf und streckte zwei seiner Glieder aus, um zu sagen, daß er verstanden habe. Das war gut. Selbst nach einem Studium von vierzig Jahren fand Ainson die utodianische Sprache voller Stolperdrähte. Er war nicht sicher, ob er nicht gesagt hatte: »Der Bach ist kalt, und ich gehe jetzt hinein, um ihn zu kochen.« Den richtigen von Pfeifen inflektierten Schrei zu finden war nicht leicht; er besaß nur eine Gehöröffnung im Gegensatz zu Snok Snoks acht. Er schwang seine Krükken herum und ging ins Haus.

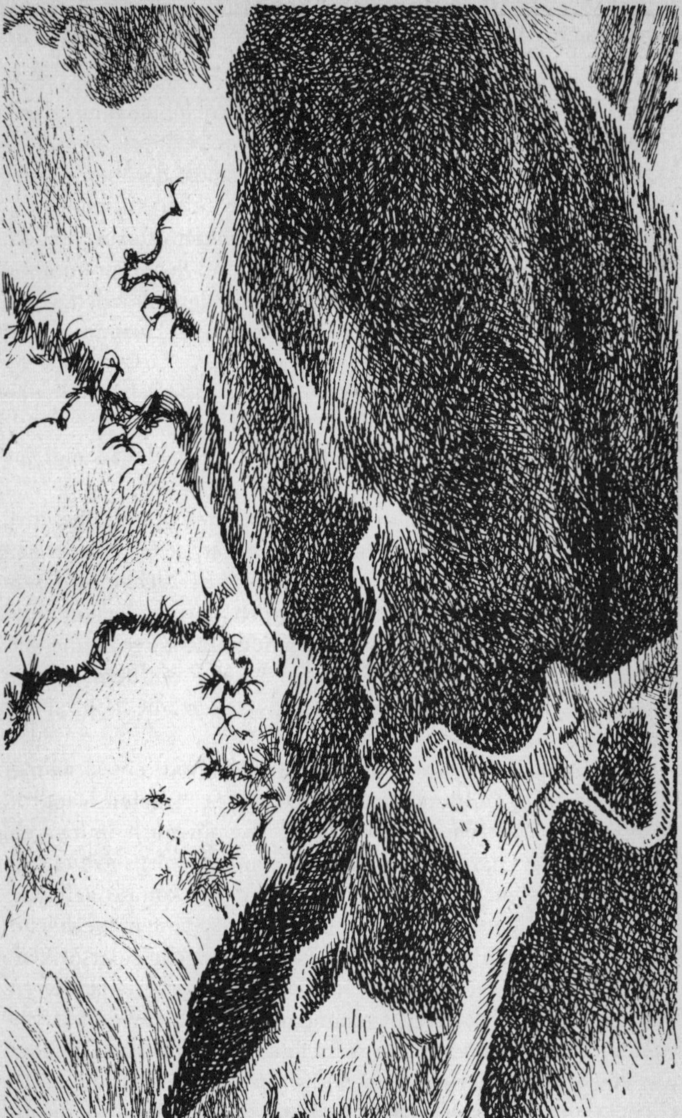

»Seine Sprache ist schwieriger zu verstehen als vorher«, bemerkte Quequo. »Wir hatten genug Schwierigkeiten, ihn zu lehren, wie man kommuniziert. Er ist kein sehr effizienter Mechanismus, dieser Beinmensch. Vielleicht hast auch du bemerkt, daß er sich jetzt langsamer bewegt als vorher.«

»Ich habe es bemerkt, Mutter. Er klagt selbst darüber. Immer häufiger erwähnt er ein Phänomen, das er ›Schmerz‹ nennt.«

»Es ist schwierig, mit Erdlingen Gedanken auszutauschen, weil ihr Vokabularium so beschränkt ist, und ihr Stimmumfang minimal, doch aus dem, was er mir vor einigen Abenden sagte, entnehme ich, daß er, falls er ein Utod wäre, jetzt tausend Jahr alt sein müßte.«

»Dann müssen wir wohl damit rechnen, daß er sich bald in den Aaszustand entwickelt.«

»Das ist es wohl, was der Pilz auf seinem Schädel anzeigt, als er weiß wurde.«

Dieses Gespräch wurde in der utodianischen Sprache geführt, während Snok Snok an den riesigen, symmetrischen Körper seiner Mutter gelehnt lag und das Bad in dem herrlichen Schlamm genoß. Ihre Grorgs kletterten auf ihnen herum, leckten und schnappten. Der Gestank, von dem milden Licht der Sonne verstärkt, war wunderbar. Ihre Fäkalien, die sich mit dem dünnen Schlamm vermischten, enthielten wertvolle Öle, die in ihre Haut eindrangen und sie weich machten.

Snok Snok Karn war schon ein großer Utod, ein strammer Nachwüchsling der dominanten Spezies des Planeten Dapdrof. Er war eigentlich bereits erwachsen, obwohl noch immer ein Neutrum; aber mit dem trägen Auge seines Gehirns sah er sich für die nächsten Dekaden als männlich. Er konnte sein Geschlecht verändern, wenn Dapdrof seine Sonnen wechselte; denn dieses Ereignis, die periodische entropische solar-orbitale Instabilisierung, würde Snok Snok nicht unvorbereitet treffen. Der größte Teil seiner ausgedehnten Kindheit war darauf verwendet worden, ihn auf dieses Ereignis vorzubereiten. Quequo war eine gute Lehrerin gewesen, die vor allem die Disziplin des Gehirnsaugens ausgezeichnet beherrschte: einsam wie sie mit Beinmensch Ainson hier lebten, abgeschnitten von aller Welt, hatte sie ihnen ihre ganze, massive, mütterliche Konzentration zugewandt.

Träge schob er wieder ein Glied aus, nahm eine Portion stinkenden Schlamm auf und warf ihn auf seine Brust. Dann erinnerte er sich an seine Manieren und schmierte hastig etwas davon auf den Rücken seiner Mutter.

»Mutter, glaubst du, daß Beinmensch sich auf Esod vorbereitet?« fragte Snok Snok und zog das Glied in die glatte Wand seiner Flanke zurück. ›Beinmensch‹ war der Name, den sie Ainson gegeben hatten; Esod ein bequem zu quietschender Laut, um die entropische solar-orbitale Destabilisierung zu bezeichnen.

»Bei dieser Sprachbarriere ist das schwer zu sagen«, antwortete Quequo und blinzelte durch den Schlamm. »Wir haben versucht, darüber zu sprechen, aber ohne viel Erfolg. Ich muß es noch einmal versuchen, wir beide müssen es versuchen. Es würde sehr schlimm für ihn sein, wenn er nicht vorbereitet wäre – er könnte plötzlich in den Aaszustand versetzt werden. Aber sie müssen doch etwas Ähnliches auf dem Planeten von Beinmensch haben.«

»Es ist nicht mehr lange, nicht wahr, Mutter?«

Als sie sich nicht die Mühe machte, zu antworten, weil die Grorgs auf ihrem Rücken auf und ab liefen, lehnte sich Snok Snok fester an ihren Rücken und dachte an die nicht mehr weit entfernt liegende Zeit, wenn Dapdrof seine jetzige Sonne, Safran-Lächler verlassen und um Gelb-Finsterling kreisen würde. Das würde eine harte Periode werden, und er mußte männlich und stark und kräftig sein. Und dann, schließlich, würde Willkommen-Weiß da sein, der glückliche Stern, die Sonne, unter der er geboren war (und die seine träge, sonnige Gutmütigkeit erklärte); unter Willkommen-Weiß würde er es sich leisten können, die Sorgen und Freuden der Mutterschaft auf sich zu nehmen und einen Sohn, wie er selbst einer war, aufzuziehen und auszubilden.

Ah, das Leben war doch wunderbar, wenn man genau darüber nachdachte. Das Phänomen des Esod mochte einigen prosaisch erscheinen, doch für Snok Snok lag etwas Wunderbares in der Natur, obwohl er nur ein einfacher Landkunge war (auch einfach erzogen, ohne jeden Ehrgeiz, die Priesterschaft zu erlangen und in die Sternreiche zu reisen). Selbst die Wärme der Sonne, die seinen achthundertfünfzig Pfund schweren Körper durchdrang, enthielt für ihn eine Poesie, die nicht wiederzugeben war. Er wälzte sich auf die Seite und exkrementierte in den Schlamm, eine kleine Gunstbezeigung für seine Mutter. Dünge anderen, wie du selbst gedüngt werden möchtest.

»Mutter, war es, weil die Priesterschaft gewagt hat, die Welten der Drei Sonnen zu verlassen, daß sie die Beinmenschen von der Erde getroffen haben?«

»Du bist heute morgen sehr gesprächig. Warum gehst du nicht ins Haus und sprichst mit Beinmensch? Du weißt doch, wie sehr dich seine Version über das, was in den Stern-Reichen geschehen ist, amüsiert.«

»Aber, Mutter, welche Version ist die wahre, die seine oder die unsere?«

Sie zögerte, bevor sie ihm antwortete; es war eine äußerst schwierige Antwort, jedoch allein durch sie war es möglich, das Weltgeschehen zu verstehen. Sie sagte schließlich: »Sehr häufig gibt es mehrere Versionen der Wahrheit.«

Er wischte diese Feststellung beiseite.

»Aber es war doch die Priesterschaft, die jenseits der Drei Sonnen gereist ist, die die Beinmenschen kennengelernt hat, nicht wahr?«

»Warum bleibst du nicht still liegen und reifst?«

»Hast du mir nicht erzählt, daß sie sich auf einem Planeten namens Grudgrodd getroffen haben, erst wenige Jahre nach meiner Geburt?«

»Ainson hat dir das zuerst erzählt.«

»Aber du hast mir gesagt, daß sich Schlimmes aus diesem Kennenlernen ergeben würde.«

Das erste Zusammentreffen zwischen Utoden und Menschen erfolgte zehn Jahre nach der Geburt von Snok Snok. Wie Snok Snok gesagt hatte, war dieses Treffen auf dem Planeten erfolgt, den seine Art Grudgrodd nannte. Hätte es auf einem anderen Planeten stattgefunden, wären andere Protagonisten beteiligt gewesen, hätte die ganze Angelegenheit ein völlig anderes Resultat gezeitigt. Wenn irgend jemand ... aber es ist wenig sinnvoll im Konditionalis zu reden. Es gibt kein ›wenn‹ in der Geschichte, nur in den Gehirnen derer, die sie verfolgen, und trotz aller Fortschritte, die wir machen, hat noch niemand beweisen können, daß Möglichkeiten etwas anderes sind, als von Menschen erfundene statistische Täuschungen. Wir können lediglich sagen, daß die Geschehnisse zwischen Mensch und Utod so und so verliefen.

Diese Erzählung soll die Geschehnisse mit so wenig Kommentar wie möglich schildern und es dem Leser überlassen, sich daran zu erinnern, daß das, was Quequo sagte, sowohl auf Menschen als auch auf Aliens zutrifft: die Wahrheit tritt in genau so vielen Gestalten auf wie die Lüge.

Gudgrodd erschien den ersten Utoden, die den Planeten inspizierten, recht einladend.

Eine utodianische Sternreich-Arche war in einem breiten Tal niedergegangen; es war felsig und kalt und unwirtlich und zum größten Teil mit kniehohen Disteln bewachsen, ähnelte aber doch einigen der gesegneten Stellen, auf die man hin und wieder in der nördlichen Hemisphäre von Dapdrof stieß. Zwei Grorgs wurden durch die Luftschleuse nach draußen geschickt und kehrten eine halbe Stunde später intakt und schwer atmend zurück. Also war anzunehmen, daß der Planet bewohnbar war.

Zeremonieller Dreck wurde auf den Boden hinausgeschaufelt, und der Heilige Kosmopolit wurde dazu überredet, aus der Luke zu exkrementieren, die universelle Geste der Fruchtbarkeit.

»Ich glaube, es ist ein Fehler«, sagte er. Das utodianische Wort für ›Fehler‹ ist ›Grudgrodd‹ (so weit man ein atonales Grunzen in terrestrische Schrift übertragen kann), und von da an war der Planet als Grudgrodd bekannt.

Immer noch zum Protestieren aufgelegt trat der Kosmopolit hinaus, gefolgt von seinen drei Politen, und der Planet wurde als Anhängsel des Sternreichs der Drei Sonnen in Besitz genommen.

Vier Priesterschüler eilten hin und her und befreiten am Flußufer eine kreisförmige Fläche von Disteln. Alle sechs Gliedmaßen herausgestreckt, arbeiteten sie sehr schnell und geschickt; zwei von ihnen hoben innerhalb des Kreises eine Bodenschicht ab und ließen dann Wasser vom Fluß hereinsickern, während die beiden anderen den so entstehenden Schlamm zu einem dicken, zähen Modder traten.

Der Kosmopolit stand ein Stück abseits, blickte mit seinen rückwärtigen Augen auf den wachsenden Krater und argumentierte so intensiv, wie es nur ein Utod kann, über das Recht oder Unrecht, auf einem nicht zu den Drei Sonnen gehörenden Planeten zu landen. Und die drei Politen argumentierten kräftig gegen ihn.

»Das Heilige Gefühl sagt es sehr klar«, erklärte der Kosmopolit. »Als Kinder der Drei Sonnen dürfen unsere Exkremente keine Planeten berühren, die nicht von den Drei Sonnen erhellt werden; es gibt eine Grenze für alle Dinge, selbst für die Fruchtbarkeit.« Er reckte eins seiner Glieder empor und deutete auf die malvenfarbene Kugel, so groß wie eine Ammp-Frucht, die über eine Wolkenbank hinweg kalt auf sie herabstarrte. »Ist diese Mißgeburt eine Sonne der Safran-Lächler? Seht ihr sie als Willkommen-Weiß an? Könnt ihr sie selbst mit dem Gelben Finsterling vergleichen? Nein, nein, meine Freunde, dieses malvenfarbene Elend ist ein Alien, und wir vergeuden unsere Substanz dafür.«

Einer der Politen sagte: »Jedes Wort, das du gesprochen hast, ist unwiderleglich. Doch wir sind schließlich nicht ganz aus freiem Willen hier. Wir sind in eine Stern Reich Turbulenz geraten, die uns um mehrere tausend Kreisbahnen aus dem Kurs geworfen hat. Dieser Planet war rein zufällig der nächste, auf dem wir uns in Sicherheit bringen konnten.«

»Wie immer sprichst du die reine Wahrheit«, sagte der Kosmopolit. »Aber wir hätten hier nicht landen müssen. Eine Monatsreise hätte uns zu den Drei Sonnen zurückgebracht, nach Dapdrof oder einem seiner Schwesterplaneten. Es scheint mir, daß wir ein wenig unheilig gehandelt haben.«

»Ich glaube nicht, daß du dir darüber Sorgen zu machen brauchst, Kosmopolit«, sagte der zweite Polit. Er hatte die dicke, grau-grünliche Haut der Utoden, die geboren wurden, während ein Esod stattfand, und war vielleicht der umgänglichste von allen Mitgliedern der Priesterschaft. »Sieh es doch einmal so: Die Drei Sonnen, um die Dapdrof kreist, sind nur drei der sechs Sterne unseres Heimatsystems. Diese sechs Sterne haben acht Planeten, auf denen Leben, so wie wir es kennen, existieren kann. Nach Dapdrof halten wir die anderen sieben für gleich heilig und utodammp-würdig, obwohl einige von ihnen – Buskey, zum Beispiel – um eine der drei kleineren Sterne des Systems kreisen. Folglich liegt das Kriterium, was utodammp-würdig ist, nicht darin, daß es um eine der drei Sonnen kreisen muß. Jetzt fragen wir uns . . .«

Doch der Kosmopolit, der besser sprechen als zuhören konnte, wie es einem Utod in seiner Position zukommt, unterbrach den anderen.

»Laß uns keine Fragen mehr stellen, mein Freund. Ich habe festgestellt, daß wir nach meinem Dafürhalten ein wenig unheilig gehandelt haben. Ich wollte nicht kritisieren. Aber wir schaffen einen Präzedenzfall.« Er kraulte nachdenklich seinen Grorg.

Mit großer Toleranz sagte der dritte Polit (der Blug Lugug hieß): »Ich stimme jedem deiner Worte zu, Kosmopolit. Wir wissen jedoch nicht, ob wir einen Präzedenzfall schaffen. Unsere Geschichte ist so lang, daß vielleicht schon viele Schiffsbesatzungen in das Sternreich vorgedrungen sind und dort, auf irgendeinem weit entfernten Planeten, zum Ruhm von Utodammp einen neuen Sumpf geschaffen haben. Vielleicht würden wir sogar hier Utoden finden, wenn wir uns ein wenig umsehen.«

»Du hast mich völlig überzeugt; während des revolutionären Zeitalters hätte so etwas sehr leicht geschehen können«, sagte der Kosmopolit erleichtert. Er streckte alle seine sechs Glieder aus und machte mit ihnen zeremonielle, kreisende Bewegungen, so daß seine Geste den Boden und den Himmel umschloß. »Ich erkläre hiermit, daß alles Land den Drei Sonnen gehört. Laßt das Exkrementieren beginnen.«

Sie waren glücklich. Und sie wurden sogar noch glücklicher. Wer würde auch nicht glücklich sein? Mit Ruhe und Fruchtbarkeit um sich herum waren sie zu Hause.

Die malvenfarbene Sonne ging in Schande unter, und fast im

gleichen Augenblick schoß ein schneeballweißer Satellit, der von einem großen Hof aus Staub umgeben war, über den Horizont und stieg rasch über ihnen empor. Die acht Utoden waren an große und rasche Temperaturwechsel gewöhnt, also störte sie die rasch zunehmende Nachtkühle nicht. Sie suhlten sich in ihrer neu angelegten Suhle. Ihre sechzehn Grorgs suhlten sich mit ihnen und klammerten sich mit ihren Saugfingern fest, wenn ihre Utoden im Schlamm untertauchten.

Über ihnen glomm das Heimat-System, sechs Sterne, die – wie es der am wenigsten intellektuelle der Priesterschüler behauptete – so arrangiert waren, daß die Konstellation wie einer der Fische aussah, die in der stürmischen See von Smeksmer schwammen.

»Wir hätten uns keine Gedanken zu machen brauchen«, sagte der Kosmopolit glücklich. »Die Drei Sonnen scheinen auch hier auf uns herab. Wir brauchen uns mit der Rückreise überhaupt nicht zu beeilen. Vielleicht werden wir gegen Ende der Woche ein paar Ammp-Samen einpflanzen und dann nach Hause zurückkehren.«

». . . oder gegen Ende der folgenden Woche«, sagte der dritte Polit, der sich in seinem Schlammbad sehr wohl fühlte.

Um ihr Glücksgefühl abzurunden, hielt der Kosmopolit ihnen eine kurze religiöse Ansprache. Sie lagen im Schlamm und hörten dem Gewebe seiner Rede zu, während er sie aus seinen acht Sprachöffnungen spann. Er erklärte ihnen, aus welchem Grund die Ammp-Bäume und die Utoden von den Gaben der anderen abhängig seien. Er wies ausführlich auf die Bedeutung des Wortes ›Gabe‹ hin, bevor er fortfuhr und ihnen erklärte, daß sowohl die Bäume als auch die Utoden (beide Manifestationen eines Geistes) von der Gabe des Lichts abhängig seien, das von derjenigen der Drei Sonnen, um die sie gerade kreisten, ausgeschüttet würde. Dieses Licht sei der Dung der Sonnen, was ein wenig absurd, aber auch ein Wunder sei. Sie sollten niemals vergessen, daß auch sie etwas von diesem Absurden und Wunderbaren nahmen. Sie dürften deshalb niemals überheblich oder eingebildet werden, denn waren nicht sogar ihre Götter nach der heiligen Gestalt eines Kothaufens geformt?

Der dritte Polit genoß diesen Monolog. Was einem am meisten vertraut ist, ist am beruhigendsten.

Er lag fast völlig untergetaucht, lediglich die Spitze einer seiner Schnauzen ragte aus der blubbernden Oberfläche des Schlamms, und er sprach durch seine Ockpu-Öffnungen. Mit einem seiner unverdeckten Augen starrte er auf die dunkle Silhouette ihrer Sternreich-Arche, die sich wunderbar dickbäuchig und schwarz vom Himmel abhob. Ach, das Leben war gut und schön, selbst so weit von dem geliebten Dapdrof entfernt. Im nächsten Esod sollte er wirklich das Geschlecht wechseln und Mutter werden; das war er seiner Familie schuldig, doch selbst das ... Zumindest hatte er seine Mutter sagen hören, daß einem schönen Verstand alles schön sei. Er dachte liebevoll an seine Mutter und lehnte sich an sie. Er liebte sie genau so wie früher, auch wenn sie ihr Geschlecht verändert und Heiliger Kosmopolit geworden war.

Und dann schrie er aus allen Öffnungen.

Hinter der Arche blitzte Licht.

Der dritte Polit machte die anderen darauf aufmerksam, und alle blickten in die Richtung, in die er deutete.

Nicht nur Licht. Ein andauerndes, knurrendes Geräusch.

Nicht nur ein Licht. Vier runde Lichtquellen zerschnitten das Dunkel, und ein fünftes Licht fuhr unruhig hin und her wie ein tastendes Glied. Es erfaßte die Arche und hielt sie fest.

»Ich würde sagen, daß sich eine Lebensform nähert«, meinte einer der Priesterschüler.

Während er das sagte, konnten sie deutlicher erkennen, woher das Licht kam. Zwei klobige Formen kamen durch das Tal auf sie zu. Von ihnen kam das knurrende Geräusch. Sie erreichten die Arche und hielten inne. Das knurrende Geräusch hörte auf.

»Wie interessant! Sie sind größer als wir«, sagte der erste Polit.

Kleinere Formen kletterten aus den beiden klobigen Objekten. Jetzt wandte das Licht, das die Arche beleuchtete, sein Auge der Suhle zu. Um nicht geblendet zu werden, wechselten die Utoden gleichzeitig ihren Gesichtssinn auf ein anderes Strahlungsband. Sie sahen die kleineren Formen – es waren vier und sehr dünn – nebeneinander an den Rand der Suhle treten.

»Wenn sie ihr eigenes Licht erzeugen können, müssen sie einigermaßen intelligent sein«, sagte der Kosmopolit. »Welches meint ihr, sind die Lebensformen – die beiden klobigen Dinger mit den Augen, oder die vier dünnen?«

»Vielleicht sind die dünnen Dinger ihre Grorgs«, meinte einer der Priesterschüler.

»Es wäre eine Geste der Höflichkeit, hinauszusteigen und nachzusehen«, sagte der Kosmopolit. Er wuchtete seinen massigen Körper hoch und bewegte sich auf die vier Gestalten zu. Die anderen erhoben sich ebenfalls, um ihm zu folgen. Die vier Gestalten am Rand der Suhle stießen ein paar Laute aus und traten mehrere Schritte zurück.

»Wie herrlich!« rief der zweite Polit und bewegte sich schneller, um die anderen zu überholen. »Ich glaube, sie versuchen auf ihre primitive Art mit uns in Verbindung zu treten!«

»Was für ein Glück, daß wir hierhergekommen sind!« sagte der dritte Polit, doch diese Bemerkung war natürlich nicht gegen den Kosmopoliten gerichtet.

»Seid gegrüßt, Kreaturen!« schrien zwei der Priesterschüler.

Und in diesem Moment rissen die vier Gestalten am Rand der Suhle irdische Waffen an ihre Hüften und begannen zu feuern.

KAPITEL 2

Captain Bargerone nahm seine charakteristische Positur ein. Das bedeutet, daß er völlig reglos stand, die Hände schlaff an den Seitennähten seiner Shorts hängen ließ und sein Gesicht zur Ausdruckslosigkeit zwang. Es war dies eine Art Selbstbeherrschung, die er während dieser Reise schon einige Male praktiziert hatte, vor allem, wenn er seinem Meister-Forscher gegenüberstand.

»Erwarten Sie, daß ich Ihre Worte ernst nehme, Ainson?« fragte er. »Oder wollen Sie lediglich den Start verzögern?«

Meister-Forscher Bruce Ainson schluckte. Er war ein religiöser Mann und flehte lautlos den Allmächtigen an, ihn über diesen Narren siegen zu lassen, der nichts außer seiner Pflicht sah.

»Die beiden Kreaturen, die wir in der vergangenen Nacht gefangen haben, wollten definitiv versuchen, mit mir in Kommunikation zu treten, Sir. Nach den Definitionen der Raumerforschung muß alles, das mit Menschen in Kommunikation zu gelangen versucht, zumindest als menschenähnlich betrachtet werden, bis etwas anderes bewiesen wird.«

»Das stimmt, Captain Bargerone«, sagte Forscher Phipps und blinzelte, als er sich erhob, um seinen Boß zu unterstützen.

»Sie brauchen mir nicht den Wahrheitsgehalt von Platitüden zu versichern, Mr. Phipps«, sagte der Captain. »Ich habe lediglich gefragt, was Sie mit einem Kommunikationsversuch meinen. Als Sie den Kreaturen Kohlköpfe zuwarfen, könnte dieser Akt zweifellos auch als Kommunikationsversuch gedeutet werden.«

»Die Kreaturen haben mir aber keinen Kohlkopf zugeworfen, Sir«, sagte Ainson. »Sie standen ruhig hinter dem Gitter und sprachen zu mir.«

Die linke Augenbraue des Captains bog sich aufwärts wie eine Degenklinge, die vor Beginn des Kampfes geprüft wird.

»Sie sprachen, Mr. Ainson? In einer irdischen Sprache? Auf Portugiesisch – oder vielleicht Suaheli?«

»In ihrer eigenen Sprache, Captain Bargerone. In einer Serie von Pfiffen, Grunzlauten und Schreien, die oft oberhalb der Gehörgrenze lagen. Trotzdem aber ist es eine Sprache – vielleicht eine, die weitaus komplexer ist als die unsere.«

»Und worauf fußt diese Folgerung, Mr. Ainson?«

Der Meister-Forscher wurde von dieser Frage nicht zu Boden geworfen, doch die Furchen in seinem etwas grob geschnitzten, sorgenvollen Gesicht vertieften sich.

»Auf Beobachtung. Unsere Männer haben acht dieser Kreaturen überrascht, Sir, und sechs davon auf der Stelle erschossen. Sie hätten meinen Patrouillenbericht lesen sollen. Die anderen beiden Kreaturen waren so schockiert und überrascht, daß man sie ohne jede Schwierigkeit mit Netzen einfangen und auf die *Mariestopes* bringen konnte. Unter den gegebenen Umständen würde jede Lebensform Gnade zu finden suchen, oder auch Freilassung, wenn möglich. Mit anderen Worten, sie würden bitten, sogar flehen. Unglücklicherweise haben wir bis jetzt noch keine andere Form intelligenten Lebens in diesem Sektor der Galaxis, in der Nähe der Erde, finden können; doch alle menschlichen Rassen bitten auf die gleiche Weise: durch den Gebrauch von Gesten und durch Worte. Diese Kreaturen haben keine Gesten benutzt; ihre Sprache muß so reich an Nuancen sein, daß sie keine Gesten benötigen, selbst wenn sie um ihr Leben flehen.«

Captain Bargerone schnaubte zivilisiert.

»Dann können Sie sicher sein, daß sie nicht um ihr Leben gefleht haben. Was haben sie denn getan, außer zu winseln wie eingesperrte Hunde?«

»Ich glaube, Sie sollten einmal nach unten gehen und sie sich selbst ansehen, Sir. Vielleicht hilft es Ihnen, die Dinge in einem anderen Licht zu sehen.«

»Ich habe diese dreckigen Kreaturen gestern nacht gesehen und brauche sie nicht noch einmal zu sehen. Natürlich ist mir klar, daß sie eine wertvolle Entdeckung sind; das habe ich auch dem Patrouillenführer gesagt. Wir werden sie beim Londoner Exozoo abladen, Mr. Ainson, sobald wir zur Erde zurückgekehrt sind, und dort können Sie dann so viel mit ihnen reden, wie Sie wollen. Wie ich jedoch bereits gesagt habe, und wie Sie sehr gut wissen, ist es Zeit, diesen Planeten zu verlassen; ich kann Ihnen deshalb keine Erlaubnis zu weiterer Erforschung geben. Bitte denken Sie daran, daß dieses Schiff einer privaten Gesellschaft gehört und kein Korps-Schiff ist, und daß wir uns an einen festen Zeitplan halten müssen. Wir haben eine ganze Woche auf diesem elenden Globus verschwendet, ohne etwas Lebendes zu entdecken, das größer ist als ein Mäusekötel, und ich kann Sie nicht noch einmal zwölf Stunden herumsuchen lassen.«

Bruce Ainson reckte sich auf. Phipps, der hinter ihm stand, ahmte die Geste unwillkürlich nach.

»Dann müssen Sie ohne mich zurückfliegen, Sir. Und ohne Phipps. Leider war keiner von uns beiden gestern nacht bei der Patrouille, und es ist absolut notwendig, daß wir die Stelle, an der die Kreaturen gefangen wurden, genau untersuchen. Sie müsen doch einsehen, daß jeder Sinn dieser Expedition verlorengeht, wenn wir keine Ahnung von ihren Behausungen und ihrer Umwelt haben. Wissen ist wichtiger als Zeitpläne.«

Festino-82-

»Wir haben Krieg, Mr. Ainson, und ich habe meine Befehle.«

»Dann müssen Sie ohne mich zurückfliegen, Sir. Ich weiß nicht, ob es der USGN gefallen wird.«

Der Captain wußte, wie man nachgibt, ohne daß andere merken, daß man besiegt worden ist.

»Wir starten in sechs Stunden, Mr. Ainson. Was Sie und Ihr Untergebener bis dahin tun, ist Ihre Angelegenheit.«

»Danke, Sir«, sagte Ainson und legte soviel Schärfe in seine Stimme, wie er es wagte.

Er und Phipps verließen eilig das Büro des Captains, fuhren mit dem Lift zum Ausstiegsdeck hinab und gingen über die Rampe auf den Boden des Planeten, der provisorisch als 12B bezeichnet worden war.

Die Mannschaftskantine war noch in Betrieb. Mit sicherem Instinkt traten die beiden Forscher hinein, um die Männer zu suchen, die an den Ereignissen der vergangenen Nacht beteiligt gewesen waren. Die Kantine bestand aus Fertigteilen aus Reinplast, und man bekam dort die synthetischen Mahlzeiten, die auf der Erde so beliebt waren. An einem der Tische saß ein stämmiger, junger Amerikaner mit einem frischen Gesicht, rotem Nacken und einem sehr kurzen Crew-Cut. Er hieß Hank Quilter, und die aufgeweckteren seiner Freunde hielten ihn für einen Mann, der es weit bringen würde. Er saß vor einem Becher Synthwein (der nicht aus etwas so Vulgärem wie auf grobem Boden gewachsenen und von den rohen Elementen gereiften Trauben hergestellt worden war) und sein säuerlich-fröhliches Gesicht wirkte lebhaft, während er argumentierte und eine Behauptung Ginger Duffields zurückwies, dem windigen Kantinen-Anwalt.

Ainson setzte dem Gespräch ein abruptes Ende. Quilter hatte in der vergangenen Nacht die Patrouille geführt.

Nachdem er seinen Becher geleert hatte, holte Quilter resigniert einen mageren Jungen namens Walthamstone, der auch an der Patrouille teilgenommen hatte; die vier gingen zu den Fahrzeugen – die gerade in Vorbereitung des Starts unter viel Geschrei verladen wurden – und nahmen sich einen Overlader.

Ainson unterschrieb für das Fahrzeug, und sie fuhren los. Walthamstone saß am Steuer, und Phipps teilte Waffen aus.

»Bargerone hat uns nicht viel Zeit gegeben, Bruce«, sagte er. »Was hoffst du eigentlich zu finden?«

»Ich will die Stelle untersuchen, an der die Kreaturen gefangen worden sind. Und natürlich hoffe ich etwas zu entdecken, das Bargerone sehr dumm dastehen läßt.« Er fing den warnenden Blick Phipps' auf und sagte scharf: »Quilter, Sie waren Patrouillenführer in der vergangenen Nacht. Ihr Abzugsfinger hat wohl gejuckt, wie? Haben Sie geglaubt, im Wilden Westen zu sein?«

Quilter wandte sich um und blickte seinen Vorgesetzten an.

»Der Captain hat mich heute morgen gelobt«, war alles, was er sagte.

Ainson gab diese Gesprächsrichtung auf und sagte: »Diese Kreaturen mögen nicht intelligent *aussehen,* aber wenn man etwas sensibel ist, kann man *fühlen,* daß sie ein gewisses Etwas besitzen. Sie zeigen keine Panik, keine Angst irgendeiner Art.«

»Das könnte sowohl ein Zeichen von Dummheit wie von Intelligenz sein«, sagte Phipps.

»Mmm, das ist sicher möglich. Aber trotzdem . . . Da ist noch etwas, das mir lohnend erscheint. Was immer diese Kreaturen sein mögen, sie passen nicht zu den größeren Tieren, die wir bis jetzt auf anderen Planeten entdeckt haben. Oh, ich weiß, wir haben nur zwei Dutzend Planeten gefunden, auf denen es irgendeine Form von Leben gibt – aber, verdammt, interstellare Reisen gibt es erst seit noch nicht einmal dreißig Jahren. Doch es scheint, als ob Planeten mit geringer Schwerkraft leichte, spindelige Geschöpfe hervorbringen, und schwere Planeten massige, kompakte Wesen. Und diese Viecher sind eine Ausnahme dieser Regel.«

»Ich verstehe, was du damit sagen willst. Dieser Planet hat nicht viel mehr Masse als der Mars, doch diese Kreaturen sind gebaut wie Rhinozerosse.«

»Sie haben sich alle wie Rhinozerosse im Schlamm gesuhlt, als wir sie fanden«, sagte Quilter. »Wie können sie auch nur eine Spur von Intelligenz besitzen?«

»Sie hätten sie nicht sofort niederschießen dürfen. Sie müssen sehr selten sein, sonst hätten wir sie schon an anderen Stellen von 12B entdeckt.«

»Man hat keine Zeit zum Denken, wenn man vor einer Rotte angreifender Rhinozerosse steht«, sagte Quilter finster.

»Das hat sich gezeigt.«

Sie schwiegen, während sie über eine holprige Ebene fuhren. Ainson versuchte, etwas von dem Glücksgefühl zurückzugewinnen, das er erlebt hatte, als er zum ersten Mal über diesen unbetretenen Planeten geschritten war. Neue Planeten erneuerten immer seine Freude am Leben; doch diese Freude war ihm auf dieser Reise verdorben worden – von anderen Menschen verdorben worden, wie immer. Es war ein Fehler gewesen, an Bord eines Schiffes zu gehen, das einer privaten Gesellschaft gehörte; das Leben auf Korps-Schiffen war strenger und einfacher; unglücklicherweise wurden alle Korps-Schiffe für den Anglo-Brasilianischen Krieg gebraucht, für Kämpfe innerhalb des Sonnensystems, so daß keins von ihnen für so friedliche Zwecke wie Forschung entbehrt werden konnte. Trotzdem, einen Captain wie Edgar Bargerone hatte er nicht verdient.

Schade, daß Bargerone nicht gestartet war und ihn hier zurückgelassen hatte, dachte Ainson. Weit weg von den Menschen, in Kommunion – er erinnerte sich an ein Wort seines Vaters – in ›Kommunion‹ mit der Natur!

Bald würden Menschen zum Planeten 12B kommen. Und sehr bald würde er, genau wie die Erde, sein Übervölkerungsproblem haben. Das war ja der Grund dafür, daß er erforscht wurde: um seine Brauchbarkeit zur Kolonisierung zu prüfen. Auf der anderen Seite von 12B waren bereits Stellen für die ersten Siedlungen abgesteckt worden. In wenigen Jahren würden die armen Menschen, die durch wirtschaftliche Notwendigkeit gezwungen waren, alles, was sie auf der Erde geliebt hatten, zurückzulassen, nach 12B geschafft werden (doch bis dahin würden sie für ihn einen hübschen und verlockenden kolonialen Namen gefunden haben: Clementine – oder etwas ähnlich widerwärtig Unschuldiges).

Ja, sie würden diesen rauhen Planeten mit all der für diese Spezies eigenen Energie angehen und ihn in einen Himmel von Farmen und Reihenhäusern verwandeln. Fruchtbarkeit war der Fluch der menschlichen Rasse, dachte Ainson. Es fand zu viel

Vermehrung statt; die Lenden der Erde mußten immer wieder ejakulieren, mußten ihren unerwünschten Nachwuchs auf jungfräuliche Planeten ejakulieren, die ihn erwartend im Raum hingen – natürlich, was sollten sie denn sonst erwarten?

Jesus, was sonst? Es *muß* doch etwas anderes geben – oder wir hätten alle im hübschen, harmlosen Pleistozän bleiben sollen.

Ainsons bittere Gedanken wurden unterbrochen, als Walthamstone sagte: »Dort ist der Fluß. Nur noch um die Biegung herum, dann sind wir da.«

Sie umrundeten flache Schotterhügel, auf denen Dornbäume wuchsen. Eine malvenfarbene Sonne schien feuchtglänzend durch den Dunst auf sie herab. Ihr Licht wurde von den Blättern von Abermillionen Disteln reflektiert, die dicht gedrängt bis zum Flußufer wuchsen, und auch auf der anderen Seite des Flusses, so weit das Auge reichte. Nur eine einzige Unterbrechung in dem silbrig schimmernden Meer von Disteln: ein großer, plumper, seltsam geformter Körper direkt voraus.

»Es . . .«, sagten Phipps und Ainson gleichzeitig. Sie starrten einander an, ». . . sieht wie eine der Kreaturen aus.«

»Das Schlammloch, wo wir sie erwischt haben, ist gleich dahinter«, sagte Walthamstone. Er lenkte den Overlander über die Disteln und brachte ihn im Schatten der riesigen Gestalt zum Stehen, die so verloren und seltsam wirkte wie eine liberianische Schnitzerei auf einem Kaminsims in Aberdeen.

Sie packten ihre Gewehre, sprangen hinaus und rückten vor.

Sie standen am Rand des Morastloches und blickten die Kreatur an. Auf einer Seite wurde die Suhle von den grauen Lippen des Flusses benetzt. Der Schlamm war braun und fahlgrün und wurde von zahlreichen, breiten, roten Streifen durchzogen, wo fünf riesige Kadaver ihr letztes Schlammbad nahmen. Der sechste Körper stemmte sich schwerfällig auf und wandte den Kopf in ihre Richtung.

Eine Wolke von Fliegen stob verärgert über diese Störung auf. Quilter brachte sein Gewehr in Anschlag und blickte Ainson wütend an, als der seinen Arm packte.

»Nicht schießen«, sagte Ainson. »Es ist verwundet. Es kann uns nichts tun.«

»Das ist nicht sicher. Lassen Sie mich es erledigen!«

»Ich habe nein gesagt, Quilter! Wir werden es auf die Ladefläche des Overlander laden und zum Schiff bringen; die toten sollten wir auch mitnehmen. Man kann sie sezieren und ihre Anatomie studieren. Man würde es uns auf der Erde nie verzeihen, wenn wir eine solche Gelegenheit ungenutzt lassen würden. Sie und Walthamstone holen jetzt die Netze und ziehen die Leichen heraus.«

Quilter blickte herausfordernd auf seine Uhr und sah dann Ainson an. »Bewegen Sie sich!« befahl Ainson.

Widerwillig schlurfte Walthamstone los, um zu tun, was ihm befohlen worden war; im Gegensatz zu Quilter war er nicht von dem Stoff, aus dem Rebellen gemacht werden. Quilter schob seine Unterlippe vor und folgte ihm. Sie schleppten die Netze aus dem Fahrzeug, traten an den Rand der Suhle und starrten eine Weile auf die halb vom Schlamm bedeckten Beweise ihrer nächtlichen Tätigkeiten, bevor sie sich an die Arbeit machten. Der Anblick des Blutbades besänftigte Quilter.

»Denen haben wir es aber richtig gegeben!« sagte er. Er war ein muskulöser junger Mann mit kurz getrimmtem, blondem Haar und einer lieben, alten, weißhaarigen Mutter zu Hause in Miami, die alljährlich ein Vermögen an Alimenten einkassierte.

»Richtig. Sonst hätten sie uns fertiggemacht«, sagte Walthamstone. »Zwei von ihnen habe ich selbst umgelegt. Müssen die beiden sein, die gleich vor uns liegen.«

»Ich habe auch zwei erledigt«, sagte Quilter. »Sie haben sich alle im Dreck gesuhlt wie Rhinozerosse. Junge, und wie sie dann auf uns losgegangen sind!«

»Dreckige Viecher, wenn man sie so ansieht. Und häßlich. Schlimmer als alles, was wir auf der Erde haben. Ich bin froh, daß wir sie abgeknallt haben. Du auch, Quill?«

»Wir oder sie, darum ging es doch. Uns blieb keine andere Wahl.«

»Du hast völlig recht.« Walthamstone sah seinen Freund bewundernd an. Man mußte zugeben, daß Quilter ein ganzer Kerl war. Er wiederholte Quilters Satz: »Uns blieb keine andere Wahl.«

»Was, zum Teufel, sind sie eigentlich, das würde ich gerne wissen.«

»Ich auch. Aber wir haben es ihnen richtig gegeben, was?«

»Wir oder sie, darum ging es doch«, wiederholte Quilter. Die Fliegen stoben wieder auf, als er durch den Schlamm auf den verwundeten Rhinozerosmenschen zuwatete.

Während dieser philosophische Gedankenaustausch vor sich ging, trat Bruce Ainson zu dem Objekt, das wie ein Denkmal neben der Szene des Blutbades stand. Es ragte hoch zum Himmel empor. Er war sehr beeindruckt. Seine Form, wie die der Kreaturen, die es anscheinend zu imitieren versuchte, besaß mehr als nur die enorme Größe, um ihn zu beeindrucken; da war etwas, das ihn ästhetisch ansprach. Es mochte hundert Lichtjahre hoch sein und war doch – sagt nicht, daß es keine Schönheit gibt! – schön.

Er stieg in das wunderbare Objekt. Es stank zum Himmel empor; und allein dazu war es gedacht. Nach fünf Minuten Inspektion hatte er keinerlei Zweifel mehr; dies war ein . . . also, es sah aus wie eine gigantische Samenkapsel, und man fühlte sich darin auch wie in einer gigantischen Samenkapsel, doch es war . . . Captain Bargerone sollte es wirklich sehen: dies war ein Raumschiff!

Ein Raumschiff, das bis zum Rand mit Scheiße gefüllt war.

KAPITEL 3

Im Jahr 1999 war auf der Erde viel geschehen. Eine einundzwanzigjährige Mutter auf dem Mars hatte Fünflinge geboren. Zum ersten Mal war ein Roboter-Team zu den Weltausscheidungsspielen im Basketball zugelassen worden. Neu-Seeland hatte sein erstes Systemschiff gebaut. Das erste nukleare Unterseeboot Spaniens war von einer Prinzessin vom Stapel gelassen worden. Es hatte zwei eintägige Revolutionen auf Java gegeben, sechs auf Sumatra und sieben in Südamerika. Brasilien hatte Großbritannien den Krieg erklärt. Die Europäische Gemeinschaft hatte die Sowjetunion im Fußball besiegt. Ein japanisches Filmsternchen hatte den Schah von Persien geheiratet. Eine texanische Expedition hatte versucht, die helle Seite des Merkurs in Exotanks zu durchqueren und war dabei bis zum letzten Mann umgekommen. Das Vereinigte Afrika hatte seine erste radioelektronisch kontrollierte Wal-Farm errichtet. Und ein kleiner, grauhaariger australischer Mathematiker namens Buzzard war an einem Tag im Mai um drei Uhr morgens in das Zimmer seiner Geliebten gestürzt und hatte geschrien: »Ich hab's, ich hab's! Den transponentiellen Flug!«

Innerhalb zweier Jahre war das erste transponentielle Triebwerk entwickelt, in eine unbemannte Rakete eingebaut und erfolgreich getestet worden. Diese Rakete kam nicht zur Erde zurück.

Dies ist nicht der richtige Ort, um die TP-Formeln zu erklären; außerdem hat der Schriftsetzer sich geweigert, drei Seiten mathematischer Symbole zu setzen. Begnügen wir uns also mit der Feststellung, daß ein beliebter Dreh der Science Fiction-Autoren – zum Entsetzen und nachfolgendem Bankrott aller Science Fiction-Autoren – plötzlich Wirklichkeit wurde. Dank Buzzard wurden die Golfe des Raums von Barrieren zu Toren zu den Planeten. Um 2010 konnte man von New York zum Procyon schneller und bequemer reisen als ein Jahrhundert zuvor von New York nach Paris.

Das ist es, was den Fortschritt so aufhält. Niemand scheint dazu fähig zu sein, etwas aus diesem langweiligen, alten, exponentiellen Gleis zu reißen.

Das nur, um zu zeigen, daß die Reise zwischen Planet 12B und der Erde im Jahr 2035 weniger als zwei Wochen dauerte und man noch viel Zeit zum Briefeschreiben hatte.

Oder, in Captain Bargerones Fall, der ein TP-Telegramm an ihre Lordschaften in der Admiralität aufsetzte, zum Schreiben von Depeschen.

In der ersten Woche telegrafierte er:

TP POSITION: 35073x 6915 (12B). IHR TELEGRAMM EX 97747304 ZUR REFERENZ. IHREM BEFEHL FOLGEND WERDEN DIE KREATUREN, DIE ALS GEFANGENE AN BORD SIND, VON NUN AN ALS AUSSERTERRESTRISCHE ALIENS BETRACHTET (ABGEKÜRZT ETAS).

SITUATION BEZÜGLICH ETAS WIE FOLGT: ZWEI LEBEND UND GESUND IN LADERAUM NUMMER DREI. KADAVER DER ANDERN WERDEN OBDUZIERT UND ANATOMISCH STUDIERT. HABE ZU ANFANG NICHT ERKANNT, DASS SIE MEHR ALS TIERE WAREN. NACHDEM MEISTERFORSCHER AINSON DIE TATSACHEN ERKLÄRT HATTE, HABE ICH IHN MIT EINEM TEAM ZU DEM ORT ENTSANDT, AN DEM DIE ETAS GEFANGEN WORDEN WAREN.

DORT HABEN WIR FESTGESTELLT, DASS ETAS INTELLIGENZ BESITZEN. RAUMSCHIFF SELTSAMER KONSTRUKTION WURDE SICHERGESTELLT. ES BEFINDET SICH JETZT IM HAUPTLADERAUM, NACHDEM FRACHT UMGELADEN WURDE. KLEINES SCHIFF, KAPAZITÄT NUR FÜR ACHT ETAS. KEIN ZWEIFEL, DASS SCHIFF DEN ETAS GEHÖRT. DERSELBE DRECK ÜBERALL, DERSELBE WIDERLICHE GESTANK. ALLES DEUTET DARAUF HIN, DASS ETAS 12B EBENFALLS ERFORSCHEN.

HABE AINSON UND SEINEN UNTERGEBENEN ORDER ERTEILT, SO BALD WIE MÖGLICH MIT ETAS IN KOMMUNIKATION ZU KOMMEN. HOFFE DAS SPRACHPROBLEM VOR DER LANDUNG GELÖST ZU HABEN.

EDGAR BARGERONE, CAPT. MARIESTOPES
GMT 1750: 6.7.2035

Und auch andere Schreiber waren an Bord der *Mariestopes* sehr beschäftigt.

Walthamstone schrieb eifrig an einen Brief für eine Tante in einem westlichen Vorort von London, der Windsor hieß.

Meine liebe, alte Tante Flo . . .

Wir kommen wieder nach Hause, um dich wiederzusehen, wie geht es deinem Rheumatismus, besser hoffe ich. Ich bin auf dieser Reise nicht raumkrank gewesen. Wenn das Schiff auf TP-Antrieb übergeht falls du weißt was das ist ist einem so zwei Stunden lang ziemlich übel. Mein Freund Quilt sagt das liegt daran daß alle deine Moleküle negativ werden. Aber dann ist man wieder in Ordnung.

Als wir auf einem Planeten landeten der noch keinen Namen hat weil wir dort die ersten waren, hatten Quilt und ich Gelegenheit auf die Jagd zu gehen. Der Planet ist voller riesiger wilder dreckiger Tiere, fast so groß wie das Schiff. Sie leben in Sumpflöchern. Wir haben Dutzende erschossen. Zwei haben wir lebend auf diesen alten Eimer gebracht. Wir nennen sie Rhinozerosmenschen, weil sie anscheinend Grips haben. Ihre Namen sind Gertie und Mush. Ich muß jeden Tag ihren Käfig saubermachen aber sie beißen nicht. Sie geben eine Menge seltsamer Geräusche von sich.

Das Essen ist schlecht wie immer. Nicht nur reines Gift sondern auch zu kleine Portionen. Grüße meine Cousine Madge. Hat sie ihre Ausbildung schon beendet? Wer gewinnt den Krieg mit Brasilien. Wir hoffe ich!!!!

Dein dich liebender Neffe

Rodney.

Augustus Phipps schrieb einen Liebesbrief an ein sinoportugiesisches Mädchen; über seiner Koje hing ein Bild von ihr, auf dem sie überaus sinnlich wirkte. Phipps blickte immer wieder zu dem Bild auf, während er schrieb.

Ah Chi Darling,

Dieser gute, alte Bus steuert jetzt auf Macao zu. Mein Herz ist, wie du weißt, immer nach diesem schönen Ort gerichtet, wenn du dort Urlaub machst, aber es ist schön, daß wir bald nicht nur im Geiste beisammen sein werden(!)

Ich hoffe, daß dieser Trip uns Ruhm und Reichtum bringen wird. Denn wir haben in dieser Ecke der Galaxis eine seltsame Lebensform entdeckt und bringen zwei lebende Exemplare davon nach Hause. Wenn ich an dich denke, so schlank und süß in deinem Cheongsam, frage ich mich, wozu wir solche dreckigen, häßlichen Viecher auf unserem Planeten brauchen – aber wir dienen eben der Wissenschaft.

Wunder über Wunder: sie sollen angeblich intelligent sein, jedenfalls ist mein Boß dieser Ansicht, und wir sind jetzt damit beschäftigt, uns mit ihnen zu verständigen. Nein, bitte lache nicht darüber, obwohl ich mich daran erinnere, wie schön du bist, wenn du lachst. Wie sehr freue ich mich auf den Augenblick, wenn ich wieder mit dir sprechen kann, meine süße, leidenschaftliche Ah Chi; und natürlich nicht nur sprechen(!!)

Du mußt mich . . .
(Redakteur: zwei Seiten gestrichen)
. . . bis wir das wieder tun können(!!!7

Dein ergebener
anbetender
bewundernder
es kaum mehr erwartender
Augustus.

Zur selben Zeit versuchte Quilter, unten im Mannschaftsdeck der *Mariestopes,* mit einem Mädchen zu kommunizieren:

Hallo, Liebling!

Während ich dies schreibe, eile ich direkt nach Dodge City zurück, so rasch die Lichtwellen mich tragen. Habe den Captain und die Jungens natürlich auch bei mir, aber die werfe ich los, bevor ich Rainbow Street Nummer 1477 anlaufe.

Unter einer tapferen äußeren Schale steht es deinem Liebhaber bis hier. Diese Viecher, diese Rhinozerosmenschen, von denen ich dir schon berichtet habe, sind die dreckigsten und stinkendsten Kreaturen, die ich jemals gesehen habe, und ich kann dir in der Post nicht mehr darüber berichten. Ich denke, es ist, weil du mich magst, daß du immer darauf geachtet hast, modern und hygienisch zu sein. Diese Dinger sind schlimmer als Tiere.

Das ist auch der Grund, warum ich aus dem Forschungskorps austrete. Nach Beendigung dieser Reise werde ich kündigen und beim Raumkorps anmustern. Im Raumkorps sind auch meine Aussichten besser. Als Zeuge ist unser Captain Bargerone aus dem Nichts aufgetaucht. Sein Vater ist Hausmeister oder sowas in Amsterdam. Das ist eben Demokratie – vielleicht werde ich sie selbst mal probieren, vielleicht werde ich dadurch auch mal Captain. Warum auch nicht?

Dies ist so ziemlich alles, was um mich herum passiert ist, Liebling. Wenn ich nach Hause komme, bin ich um dich herum.

Dein dich liebender, vernaschender
Hank.

In seiner Kabine im B-Deck schrieb Meister-Forscher Bruce Ainson einen nüchternen Brief an seine Frau:

Meine liebste Enid,

wie oft bete ich darum, daß dein Kreuz mit Aylmer jetzt vorüber sein möge. Du hast für den Jungen alles getan, was du tun konntest. Also mache dir in dieser Angelegenheit niemals Vorwürfe. Er ist eine Schande für unseren Namen. Der Himmel allein mag wissen, was einmal aus ihm werden wird. Ich fürchte, sein Geist ist genau so schmutzig wie seine persönlichen Gewohnheiten.

Ich bedaure nur, daß ich so lange fort gewesen bin, besonders, während unser Sohn dir so viele Sorgen gemacht hat. Es ist jedoch ein Trost, daß diese Reise sich als lohnend erwiesen hat. Wir haben eine wesentliche Lebensform entdeckt. Unter meiner Aufsicht sind zwei lebende Individuen dieser Lebensform an Bord dieses Schiffes gebracht worden. Wir nennen sie ETAs.

Du wirst erheblich mehr überrascht sein, wenn ich dir erzähle, daß diese Wesen, trotz ihrer seltsamen Erscheinung und Gewohnheiten Intelligenz zu besitzen scheinen. Mehr als das, sie scheinen einer raumfahrenden Rasse anzugehören. Wir haben ein Raumschiff an Bord genommen, das zweifellos mit ihnen in Verbindung zu bringen ist, obwohl es noch nicht mit Sicherheit feststeht, ob sie das Fahrzeug tatsächlich beherrschen. Ich versuche eine Kommunikation mit ihnen herzustellen, bis jetzt jedoch ohne Erfolg.

Laß mich dir diese ETAs beschreiben: die Mannschaft nennt sie ›Rhinozerosmenschen‹, und bis wir eine bessere Bezeichnung für sie gefunden haben, muß das reichen. Die Rhinozerosmenschen gehen auf sechs Gliedmaßen. Diese sechs Gliedmaßen weisen an ihren Enden sehr fähige Hände auf, sehr breit und mit sechs Fingern, von denen der erste und der letzte einander gegenüberstehen und als Daumen betrachtet werden können. Die Rhinozerosmenschen sind omnidextruös. Wenn sie ihre Gliedmaßen nicht benötigen, ziehen sie sie in ihren Körper zurück, etwa wie eine Schildkröte ihre Beine einzieht, und sie sind dann kaum auszumachen.

Wenn ihre Glieder eingezogen sind, wirken Rhinozerosmenschen etwa wie zwei Segmente einer Orange, die zusammenhängen, wobei die flache Biegung das Rückgrat der Kreatur darstellt, die schärfere Biegung ihren Bauch, und die beiden Apex Köpfe. Ja, unsere Gefangenen scheinen zwei-

köpfig zu sein; die Köpfe laufen spitz zu und sind halslos, obwohl sie bis zu einem gewissen Grad drehbar sind. In jedem Kopf befinden sich zwei Augen, klein und dunkel, und mit unteren Lidern, die aufwärts gleiten und die Augen während des Schlafs bedecken. Unterhalb der Augen sitzen Öffnungen, die alle gleich aussehen; eine von ihnen ist der Mund, die andere der Anus. Es gibt noch eine Reihe weiterer Öffnungen, die über die ganze Körperfläche verteilt sind; es könnte sich dabei um Atmungsröhren handeln. Die Exobiologen sind jetzt dabei, mehrere Leichen dieses Spezies, die wir an Bord geholt haben, zu obduzieren. Wenn ich ihren Bericht erhalte, sollten einige Dinge klarer sein.

Unsere Gefangenen verfügen über eine umfassende Skala von Lauten, die von Pfeifen und Schreien bis zu Grunz- und Schmatzlauten reicht. Ich befürchte, daß alle ihre Körperöffnungen zu dieser ungeheuren Bandbreite von Tönen beitragen, von denen einige, davon bin ich überzeugt, außerhalb der menschlichen Gehörgrenze liegen. Bis jetzt ist keines unserer beiden ETAs kommunikativ, trotzdem werden alle Laute, mit denen sie sich miteinander verständigen, von einem automatischen Bandgerät aufgezeichnet; doch bin ich sicher, daß der Widerstand gegen jede Kommunikation mit uns allein auf den Schock der Gefangennahme zurückzuführen ist, und daß wir auf der Erde, mit mehr Zeit, und in einer Umwelt, wo wir sie unter hygienischeren Umständen halten können, bald zu positiven Resultaten gelangen werden.

Wie immer sind diese langen Reisen sehr langweilig. Ich gehe dem Captain so weit wie möglich aus dem Weg; ein unangenehmer Mann, der einen nie vergessen läßt, daß er das Produkt einer elitären Schule und der Universität von Cambridge ist. Ich konzentriere mich ganz auf unsere beiden ETAs. Trotz all ihrer abstoßenden Gewohnheiten üben sie auf mich eine Faszination aus, die meinen menschlichen Gefährten fehlt.

Nach meiner Rückkehr gibt es noch viel zu besprechen.

Dein ergebener Mann,
BRUCE.

Unten im Hauptladeraum, in sicherer Entfernung von allen Briefschreibern, war ein Team von Männern der verschiedensten Berufsgruppen dabei, das Raumschiff der ETAs in seine Einzelteile zu zerlegen und Splitter um Splitter genau zu untersuchen. Denn dieses seltsame Fahrzeug war aus Holz, Holz von einer unglaublichen Härte, Holz, das so hart und dauerhaft wie Stahl war – doch Holz, aus dessen Innenseite, denn das Schiff besaß die Form einer riesigen Samenkapsel, eine Unzahl von Zweigen herauswuchsen, die wie Hörner wirkten. Auf diesen Zweigen wuchs eine niedere Form einer parasitären Pflanze. Einer der Erfolge des botanischen Teams war die Feststellung, daß dieser Parasit nicht das natürliche Laub der hornartigen Zweige darstellte, sondern eine fremde Lebensform war, die sich auf ihnen angesiedelt hatte. Die Botaniker entdeckten außerdem, daß dieser Parasit einen unersättlichen Hunger nach Kohlendioxid aufwies, das er aus der Luft aufnahm und dafür Sauerstoff an sie abgab. Sie schabten Stücke des parasitären Bewuchses von den Horn-Zweigen und versuchten, die Pflanzen unter günstigeren Bedingungen weiterzuzüchten; doch sie gingen ein. Selbst beim hundertvierunddreißigsten Test starben die Pflanzen noch immer; doch die Männer des botanischen Teams waren für ihre Hartnäkkigkeit bekannt.

Die Innenseite des Raumschiffes war mit einer angetrockneten Dreckschicht bedeckt, die zum größten Teil aus Schlamm und Exkrementen bestand. Wenn man diese verschmutzte, kleine Arche mit der pieksauber glänzenden *Mariestopes* verglich, war es für einen rationalen Menschen – und rationale Menschen gibt es selbst unter den gefängnisähnlichen Beschränkungen der Raumfahrt – unmöglich sein, sich vorzustellen, daß beide Schiffe für denselben Zweck konstruiert worden waren. Viele der Besatzungsmitglieder, und besonders solche, die sich viel auf ihre Rationalität zugute hielten, begannen schallend zu lachen und weigerten sich, zuzugeben, daß dieses fremde Artefakt etwas anderes sein könnte, als ein häufig benutztes Scheißhaus.

Als das Triebwerk entdeckt wurde, hörte das Lachen jedoch zu achtundneunzig Prozent auf. Es lag unter der dicken Dreckschicht, ein Motor, der nicht größer war als ein Rhinozerosmensch. Er war fugenlos in das Holz eingelassen, ohne erkennbare Zeichen von Schweiß- oder Nietarbeiten; er bestand aus einem Material, das äußerlich porzellanähnlich wirkte; er besaß keinerlei bewegliche Teile; und ein Keramiker weinte fast vor Freude und Erwartung, als man den Antrieb ins Labor brachte, nachdem er endlich aus dem harten Holz des Schiffsrumpfes gebohrt und gewuchtet worden war.

Die nächste Entdeckung war eine Dolde großer Nüsse, die im Oberteil des Schiffes wuchs und so festsaß, daß selbst Schneidbrenner sie nicht lösen konnten. Jedenfalls behaupteten einige der Männer, daß es Nüsse seien, da die faserige Außenseite ihrer Schalen an die Früchte der Kokospalme erinnerte. Doch als man feststellte, daß die Rippen, die von den Nüssen aus an den Bordwänden entlangführten, und die bis dahin für Verspannungen oder Verstärkungen gehalten worden waren, zum Antrieb führten, erklärten mehrere Weise die Nüsse zu Brennstofftanks.

Die nächste Entdeckung war die vorläufig letzte. Ein Matrose, der, seine breite Nase rümpfend, eine dicke, verhärtete Dreckschicht losmeißelte, entdeckte in ihr die Leiche eines ETA. Darauf liefen die Männer zusammen und begannen zu protestieren.

»Wie lange sollen wir uns das noch gefallen lassen, Leute?« rief der Matrose Ginger Duffield, sprang auf einen Werkzeugkasten, entblößte sein Gebiß und schüttelte seine Fäuste. »Dies ist das Schiff einer privaten Gesellschaft, kein Korpsschiff, und deshalb brauchen wir uns eine solche Behandlung nicht gefallen zu lassen. Es steht nichts in den Arbeitsvorschriften, daß wir verpflichtet sind, Gräber und Schlammlöcher von Aliens auszumisten. Ich verweigere die Arbeit, bis wir eine Schmutzzulage bekommen, und ich erwarte, daß ihr euch mir anschließt.«

Seine Worte riefen laute Zustimmung hervor.

»Ja, die Gesellschaft soll zahlen!«

»Wer glauben die denn, wer wir sind?«

»Sollen sie doch diese Stinklöcher selbst ausmisten!«

»Mehr Geld! Fünfzig Prozent Zulage!«

»Halt die Schnauze, Duffield, du alter Stunkmacher!«

»Was sagt der Sergeant dazu?«

Sergeant Warrick kämpfte sich mit den Ellbogen einen Weg durch die Männer. Dann stand er vor Duffield und starrte zu ihm hinauf, doch der schlanke, drahtige Mann wurde nicht schwach unter seinem Blick.

»Duffield, ich kenne Ihre Sorte. Sie sollten draußen auf dem Tiefkühl-Planeten sein und uns helfen, den Krieg zu gewinnen.

Wir wollen hier keine von Ihren verdammten Fabrik-Taktiken. Kommen Sie sofort von der Kiste herunter, und dann gehen alle wieder an die Arbeit! Ein bißchen Dreck wird Ihren zarten Händchen nicht schaden.«

Duffield sprach sehr ruhig und höflich.

»Ich will keine Unruhe stiften, Sergeant. Ich frage mich nur, warum wir es tun sollen, das ist alles. Wir wissen nicht, was für gefährliche Krankheitskeime in diesem Dreck stecken. Wir wollen eine Gefahrenzulage für diese Arbeit. Warum sollen wir unser Fell für die Gesellschaft hinhalten? Was hat die Gesellschaft jemals für uns getan?« Zustimmendes Gemurmel erhob sich nach dieser Frage, doch Duffield schien es nicht zu hören. »Was werden sie tun, wenn wir nach Hause kommen? Ich werde es Ihnen sagen: sie werden diese stinkende Alienkiste ausstellen, und die Leute werden herbeiströmen und Geld dafür bezahlen, daß sie sich das Ding ansehen und beschnüffeln können. Die Gesellschaft wird ein Vermögen damit verdienen, und mit den Viechern, die darin gehaust haben. Warum sollen wir also nicht jetzt unseren kleinen Happen davon abhaben? Gehen Sie zum C-Deck hinauf und sagen Sie dem Mann von der Gewerkschaft, daß wir mit ihm sprechen wollen, und stecken Sie Ihre Nase nicht in unsere Angelegenheiten, Sergeant!«

»Sie sind weiter nichts als ein verdammter Unruhestifter, Duffield«, sagte der Sergeant wütend. Er drängte sich zwischen den Männern hindurch und ging zum C-Deck hinauf. Höhnisches Gelächter folgte ihm den langen Korridor entlang.

Zwei Wachen später trat Quilter, mit einem Wasserschlauch und einem Schrubber bewaffnet, in den Käfig mit den beiden ETAs. Sie streckten ihre Gliedmaßen heraus, zogen sich in die äußerste Ecke des engen Raums zurück und blickten ihn hoffnungsvoll an.

»Dies ist das letzte Mal, daß ich bei euch ausmiste«, sagte Quilter zu ihnen. »Nach dieser Wache trete auch ich dem Streik bei, nur um meine Solidarität zu beweisen. Und dann könnt ihr von mir aus in Scheiße schlafen, die so tief ist wie der Pazifik.«

Mit dem Übermut der Jugend richtete er den scharfen Wasserstrahl auf sie.

KAPITEL 4

Der Nachrichtenredakteur des *Windsor Circuit* trat auf den Fußschalter seines Technivisionsgeräts und starrte das Gesicht seines Chefreporters, das auf dem Bildschirm erschien, finster an.

»Wo, zum Teufel, stecken Sie, Adrian? Gehen Sie sofort zum Raumflughafen, wie ich es Ihnen gesagt habe. Die *Mariestopes* soll in spätestens einer halben Stunde landen.«

Die linke Hälfte von Adrian Buckers Gesicht verzog sich ein wenig. Er lehnte sich näher an seinen Bildschirm und sagte: »Seien Sie nicht sauer, Ralph. Ich habe einen lokalen Aufhänger für diese Sache entdeckt, der Ihnen den Mund wässerig machen wird.«

»Ich will keine lokalen Zusammenhänge, ich will, daß Sie sich sofort auf den Weg zu dem verdammten Raumschiffhafen machen, Junge!«

Jetzt verzog Bucker die andere Seite seines Gesichts und begann sehr schnell zu berichten.

»Hören Sie, Ralph! Ich bin hier im ›Angel's Head‹, dem Pub direkt an der Themse. Ich habe eine alte Frau bei mir, die Florence Walthamstone heißt. Sie hat ihr ganzes Leben in Windsor verbracht, erinnert sich noch an die Zeit, als der Great Park noch wirklich ein Park war, und all sowas. Ein Neffe von ihr, Rodney Walthamstone, ist Matrose auf der *Mariestopes.* Sie hat mir eben einen Brief von ihm gezeigt, in dem er diese Aliens beschreibt, die sie dabei haben, und ich dachte mir, daß wir vielleicht ein Bild von ihr bringen sollten, mit einem Zitat aus dem Brief – Sie wissen schon: Hiesiger Junge hat bei der Gefangennahme dieser Monster mitgewirkt. Ich denke, es würde . . .«

»Das reicht. Ich habe genug gehört. Dies ist die größte Story dieser Dekade, und Sie glauben, daß wir einen lokalen Aufhänger brauchen, um sie zu verkaufen? Geben Sie dem alten Mädchen ihren Brief zurück, bedanken Sie sich für das Angebot, zahlen Sie ihren Drink, tätscheln Sie ihre lieben, faltigen Wangen, und dann scheren Sie sich zum Raumflughafen und interwieven Bargerone, oder ich benutze Ihre Haut als Einwickelpapier!«

»Okay, okay, Ralph, wie Sie wollen. Es gab mal eine Zeit, wo Sie für Vorschläge zugänglich waren.« Nachdem er die Verbindung unterbrochen hatte, setzte Bucker hinzu: »Und ich habe einen, den ich jetzt machen möchte.«

Er trat aus der Zelle und drängte sich durch eine Menge trinkender Männer und Frauen zu einer hochgewachsenen, alten Frau durch, die am Ende der Bartheke saß. Sie hob ein Glas mit dunkelbraunem Bier an die Lippen, den kleinen Finger zierlich abgewinkelt.

»Was hat Ihr Redakteur gesagt?« fragte sie und vergoß ein wenig von ihrem dunklen Bier.

»Hat vor Freude auf dem Kopf gestanden. Hören Sie, Miss Walthamstone, es tut mir leid, aber ich muß sofort zum Raumflughafen. Vielleicht können wir später mit Ihnen ein Spezialinterwiev machen. Ich habe ja Ihre Nummer. Machen Sie sich nicht die Mühe, uns anzurufen, wir werden uns melden, okay? Hat mich gefreut, Sie kennenzulernen.«

Als er den letzten Schluck seines Drinks hinunterkippte, sagte sie: »Aber für den müssen Sie mich zahlen lassen, Mr. . . .«

»Sehr nett von Ihnen. Wenn Sie unbedingt drauf bestehen, dann vielen Dank, Miss Walthamstone. Also, good-bye.«

Er stürzte sich wieder in das Gewühl. Sie rief seinen Namen. Er wandte sich in der Mitte des Gedränges wütend um.

»Sprechen Sie doch mit Rodney, wenn Sie ihn sehen. Er sagt Ihnen gerne alles, was Sie wissen wollen. Er ist ein so netter Junge.«

Er kämpfte sich seinen Weg zur Tür und murmelte dabei immer wieder: »Entschuldigen Sie, entschuldigen Sie«, wie einen Fluch.

Die Abfertigungs-Buchten des Raumflughafens waren voller Menschen. Gewöhnliche und außergewöhnliche Menschen standen auf allen Dächern, an allen Fenstern. Auf einer abgezäunten Fläche des Vorfeldes standen Vertreter mehrerer Regierungen, unter ihnen auch der Minister für marsianische Angelegenheiten, und Abgeordnete der verschiedenen Dienste, darunter auch der Direktor des Londoner Exozoos. Jenseits dieser Abzäunung spielte der Musikzug eines bekannten Regiments, in anachronistisch bunten Uniformen, Suppés Ouvertüre zur Operette ›Leichte Kavallerie‹ und ein Potpourri irischer Melodien. Eiskrem wurde verkauft, Zeitungen wurden verkauft, Taschendiebe gingen ihrem Gewerbe nach. Die *Mariestopes* glitt durch eine Schicht von Nimbostratuswolken und setzte mit ihrem Heck auf einem weiter entfernten Teil des Raumflughafens auf.

Es begann zu regnen.

Die Militärkapelle begann den aus dem zwanzigsten Jahrhundert stammenden Song ›Sentimental Journey‹ zu spielen, ohne daß dadurch etwas mehr Glanz in das Geschehen kam. Wie immer ging es auch dieses Mal recht prosaisch und langweilig zu, und das Interesse war nur mäßig. Das Besprühen des ganzen Schiffskörpers mit Germizid dauerte eine Weile. Ein Luk wurde geöffnet, eine winzig wirkende Gestalt in einem Overall erschien, wurde mit Beifall begrüßt, und verschwand wieder. Tausend Kinder fragten ihre Eltern, ob das Captain Bargerone gewesen wäre und bekamen zur Antwort, sie sollten doch nicht albern sein.

Schließlich fuhr eine Rampe aus dem Schiffskörper, wie eine widerspenstige Zunge, und setzte auf dem Boden auf. Transportfahrzeuge – drei kleine Busse, zwei Lastwagen, ein Krankenwagen, mehrere große Gepäck-Tender, ein Privatwagen und mehrere Militärfahrzeuge – fuhren aus verschiedenen Richtungen auf das riesige Raumschiff zu. Und schließlich begann eine lange Reihe von Menschen eilig und mit gesenkten Köpfen die Rampe herabzugehen und verschwand im Schutz der Fahrzeuge. Die Menschen schrien begeistert – dazu waren sie ja schließlich hergekommen.

In der Empfangshalle hatten die Pressefritzen die Luft mit dem Rauch ihrer Mescahales blau gefärbt, bevor sie auf Captain Bargerone losgelassen wurden. Blitzlichter zuckten auf, als er vor sie trat und sie defensiv anlächelte.

Ein paar seiner Offiziere standen hinter ihm, als er ruhig und gelassen auf eine sehr englische Art zur Presse sprach (Er war Franzose) und erklärte, wie viel Raum dort draußen läge, wie viele andere Welten es dort gäbe, und wie hingebungsvoll seine Mannschaft ihren Dienst versehen habe, mit der Aus

nahme eines unglücklichen Streiks während der Heimreise, für den jedoch jemand, wie er hoffte, sehr gründlich zur Verantwortung gezogen werden würde; und er schloß mit der Feststellung, daß sie auf einem sehr hübschen Planeten, dem die USGN den Namen ›Clementina‹ verliehen habe, mehrere große Tiere mit sehr interessanten Charakteristika getötet oder gefangen hätten. Einige der Charakteristika beschrieb er. Die Tiere besäßen zwei Köpfe, jedes mit einem Gehirn. Die beiden Gehirne zusammen wögen 2000 Gramm – ein Viertel mehr als ein menschliches Gehirn. Diese Tiere, ETAs oder Rhinozerosmenschen, wie sie von der Mannschaft genannt würden, besäßen sechs Gliedmaßen, an deren Enden zweifellos so etwas wie das Äquivalent von Händen säße. Unglücklicherweise habe der Streik sie daran gehindert, diese bedeutsamen Kreaturen genauer zu studieren, doch schien es einen Grund zu der Annahme zu geben, daß sie eine eigene Sprache besäßen und deshalb, trotz ihrer Häßlichkeit und ihrer schmutzigen Gewohnheiten, als mehr oder weniger – aber darin konnte natürlich noch niemand sicher sein, und es mochte noch viele Monate geduldiger Forschungsarbeit bedürfen, bevor man da etwas Genaues sagen konnte – als eine intelligente Lebensform zu betrachten seien, die mit dem Menschen vielleicht auf gleicher Höhe stünde und eine eigene Zivilisation besäße, auf einem Planeten, der den Menschen bis jetzt noch unbekannt sei. Zwei von ihnen seien lebend aufbewahrt worden und würden dem Exozoo zu Studienzwecken übergeben werden.

Als die Ansprache vorbei war, drängten sich die Reporter um Bagerone.

»Wollen Sie damit sagen, daß diese Rhinozerosse nicht auf Clementina leben?«

»Es gibt gute Gründe für die Annahme, daß es nicht ihr Heimatplanet ist.«

»Und was für Gründe?«

(»Bitte ein Lächeln für die *Subud Times,* Captain!«)

»Wir glauben, daß sie ihn nur vorübergehend aufgesucht haben, genau wie wir.«

»Wollen Sie damit sagen, daß sie mit einem Raumschiff gereist sind?«

»In gewisser Weise, ja. Aber vielleicht sind sie nur als Versuchstiere auf diese Reise geschickt oder mitgenommen worden – oder dort einfach zurückgelassen worden, so wie Captain Cooks Schweine auf Tahiti zurückgelassen wurden, oder wo das war.«

(»Bitte mehr Profil, Captain!«)

»Aber haben Sie ihr Raumschiff gesehen?«

»Ah . . . wir glauben, daß wir ihr . . . ah . . . Raumschiff in unserem Laderaum haben.«

»Erzählen Sie, Captain! Das ist eine Riesenstory! Wozu diese Geheimnistuerei? Haben Sie ihr Raumschiff erobert oder nicht?«

(»Und noch einmal mit Blickrichtung nach hier, Sir!«)

»Wir glauben es. Das heißt, es hat die Eigenschaften eines Raumschiffes, aber es – ohne TP-Antrieb, natürlich, doch ein recht interessantes Triebwerk, und . . . gut, ich weiß, es klingt albern, aber es ist aus Holz. Aus einem sehr harten Holz.« Captain Bargerone löschte jeden Ausdruck von seinem Gesicht.

»Oh, hören Sie, Captain, das kann doch nur ein Witz sein . . .«

In dem Mob von Fotografen, Fototects und Reportern gelang es Adrian Bucker nicht, auch nur in die Nähe des Captains zu gelangen. Er gebrauchte seine Ellbogen, um sich zu einem hochgewachsenen, nervösen Mann durchzudrängen, der hinter Bargerone stand und durch eins der hohen Fenster auf die Menschenmenge hinabstarrte, die sich im leichten Regen hin und her schob.

»Würden Sie mir sagen, was Sie von diesen Aliens halten, die Sie zur Erde zurückgebracht haben, Sir?« fragte Bucker. »Sind sie Tiere oder menschenähnliche Wesen?«

Bruce Ainson hörte ihn kaum und starrte auf die drängende Menschenmasse hinab. Er glaubte, seinen Nichtsnutz von Sohn, Aylmer, entdeckt zu haben, der sich mit seinem üblichen, mürrischen Gesichtsausdruck durch den Mob drängte.

»Schweine«, sagte er.

»Meinen Sie damit, daß sie wie Schweine aussehen oder sich wie Schweine benehmen?«

Der Forscher wandte sich um und starrte den Reporter an.

»Ich bin Bucker vom *Windsor Circuit,* Sir. Meine Zeitung wäre an allem interessiert, was Sie uns über diese Kreaturen sagen könnten. Sie sind also Tiere, wenn ich Sie richtig verstanden habe.«

»Als was würden Sie die Menschen bezeichnen, Mr. Bucker, als zivilisierte Wesen oder als Tiere? Haben wir schon jemals eine andere Rasse entdeckt, ohne sie sofort zu vernichten oder zu verderben? Denken Sie doch an die Polynesier, und die Guanches, an die Indianer, die Tasmanier . . .«

»Ja, Sir, ich verstehe, was Sie sagen wollen. Aber würden Sie sagen, daß diese Aliens . . .«

»Oh, sie besitzen Intelligenz, wie es bei jedem Säugetier der Fall ist. Doch ihr Benehmen – oder dessen Mangel – ist verwirrend, weil wir nicht anthropomorph über sie denken dürfen. Besitzen sie eine Ethik, ein Gewissen? Können sie korrumpiert werden, wie einst die Eskimos und die Indianer? Sind sie vielleicht in der Lage, uns zu korrumpieren? Wir müssen uns eine Menge sehr ernsthafter Fragen stellen, bevor wir fähig sind, die Rhinozerosmenschen klar zu erkennen. Das ist mein Gefühl in dieser Angelegenheit.«

»Sehr interessant. Sie wollen damit sagen, daß wir zu einer neuen Denkweise gelangen müssen, wenn ich Sie richtig verstanden habe.«

»Nein, nein, nein. Ich glaube nicht, daß dies ein Problem ist, das ich mit dem Vertreter einer Zeitung diskutieren kann, aber der Mensch setzt ein zu großes Vertrauen in seinen Intellekt; was wir brauchen, ist eine neue Art des Fühlens, eine bescheidenere . . . Ich war dabei, mit diesen beiden unglücklichen Kreaturen, die wir gefangen halten, etwas weiterzukommen – eine Vertrauensbasis herzustellen, verstehen Sie, nachdem wir ihre Gefährten getötet und sie eingefangen hatten, und was wird jetzt mit ihnen geschehen? Man wird sie zu Ausstellungsobjekten des Exozoos machen. Der Direktor, Sir Mihaly Pasztor, ist glücklicherweise ein guter Freund von mir. Ich werde bei ihm dagegen protestieren.«

»Aber, verdamt, die Menschen wollen diese Viecher doch sehen! Woher können wir denn wissen, ob sie Gefühle besitzen wie wir?«

»Ihre Ansicht, Mr. Bucker, deckt sich wahrscheinlich mit der der verblödeten Mehrheit. Entschuldigen Sie mich, ich muß einen Anruf tätigen.«

Ainson eilte aus dem Gebäude, wo er sofort von der Menschenmasse eingekeilt wurde. Er stand hilflos in der Menge, während langsam ein Lastwagen vorbeirollte, begleitet von Hochrufen, Schreien und Johlen der Menge. Durch das Gitter im Heck des Transporters starrten die ETAs auf die Zuschauer herab. Sie gaben nicht einen Laut von sich. Sie waren riesig und grau, Lebewesen, die gleichzeitig verloren und gewaltig wirkten.

Ihr Blick blieb auf Bruce Ainson ruhen. Sie gaben kein Zeichen des Wiedererkennens. Ihn fröstelte plötzlich. Er wandte sich um und begann sich seinen Weg durch das Gedränge nasser Regenmäntel zu bahnen.

Das Schiff leerte sich und wurde geleert. Kräne stießen ihre langen Schnäbel in die Laderäume, zogen sie mit Netzen voller Kartons, Kisten und Kanistern wieder heraus. Abfallwagen saugten den Dreck aus dem Darmtrakt der riesigen Metall-Kreatur. Der Rumpf spuckte in unregelmäßigen Abständen Gruppen von Menschen aus. Der große Wal *Mariestopes* war gestrandet und hilflos, weit entfernt von seinen heimatlichen Sternenmeeren an Land geworfen.

Walthamstone und Ginger Duffield folgten Quilter zu einem der Ausgangs-Dukte. Quilter war schwer mit seinem Zeug beladen und sollte in einer halben Stunde auf einem anderen Teil des Flughafens einen Ionosphären-Jet nach den USA nehmen. Sie blieben stehen, als sie auf die Rampe traten, blickten neugierig hinaus und sogen die fremdartig riechende Luft ein.

»Seht euch das an, das scheußlichste Wetter im ganzen Universum«, beschwerte sich Walthamstone. »Ich bleibe hier drin, bis der Regen aufhört, sage ich euch.«

»Nimm dir doch ein Taxi«, schlug Duffield vor.

»Das lohnt sich nicht. Meine Tante wohnt nur eine halbe Meile von hier entfernt. Ich habe mein Fahrrad drüben im Büro des P.T.P. stehen. Ich fahre los, wenn der Regen aufhört. Falls er aufhört.«

»Hast du die Erlaubnis des P.T.O., dein Rad zwischen den Flügen dort abzustellen?« fragte Duffield interessiert.

Quilter hatte keine Lust, sich in eine typisch englische Diskussion hineinziehen zu lassen, also stieß er einen Segeltuchsack etwas bequemer auf die Schulter und sagte: »Hört zu, Leute, kommt doch mit mir in die Flughafenkantine und trinkt ein schönes, warmes, britisches Synthbier mit mir, bevor ich zur Maschine muß.«

»Ja. Wir sollten feiern, daß du gerade das Forschungskorps verlassen hast«, sagte Walthamstone. »Sollen wir mitgehen, Ginger?«

»Haben sie einen Entlassungsstempel in dein Fahrtenbuch gedrückt und dich offiziell abgemustert?« fragte Duffield.

»Ich habe immer nur für einen Flug angeheuert«, erklärte Quilter. »Es ist alles schön legal, Duffield, du alter Hintertreppenanwalt. Kannst du denn niemals abschalten?«

»Du kennst doch mein Motto, Hank. Halte dich daran, dann liegst du niemals falsch: ›Sie scheißen dich an, wo sie können.‹ Vor ein paar Jahren kannte ich mal einen Kerl, der vergessen hatte, seine Form 535 vom Quartiermeister unterzeichnen zu lassen, als er abmusterte, und sie haben ihn sofort zurückgeholt, und er mußte noch fünf Jahre abreißen. Dient jetzt auf Charon und hilft mit, den Krieg zu gewinnen.«

»Kommt ihr nun auf ein Bier mit oder nicht?«

»Ich komme«, sagte Walthamstone. »Wahrscheinlich werden wir uns nicht wiedersehen, wenn dieses Mädchen in Dodge City dich in ihre Fänge kriegt, nach allem, was du mir von ihr erzählt hast. Was mich angeht, ich würde eine Meile laufen, um von so einem Weib fortzukommen.«

Er trat mißtrauisch in den Nieselregen hinaus, gefolgt von Quilter, der einen Blick über die Schulter zurückwarf.

»Kommst du nun mit, Ginger, oder nicht?«

Duffield grinste verschlagen.

»Ich verlasse dieses Schiff nicht, bevor ich mein Streikgeld habe, Freunde«, sagte er.

Forscher Phipps war zu Hause. Er hatte seine Eltern umarmt und hängte seinen Mantel im Flur auf. Sie standen hinter ihm und sahen unzufrieden aus, obwohl sie lächelten. Schäbig, mit gebeugten Schultern, gaben sie ihm das widerwillige Willkommen, das er so gut kannte. Sie sprachen abwechselnd, zwei Monologe, die niemals zum Dialog finden würden.

»Komm ins Wohnzimmer, Gussie! Es ist wärmer dort«, sagte seine Mutter. »Dir ist sicher kalt, seitdem du das Schiff verlassen hast. Ich bringe dir sofort eine Tasse Tee.«

»Wir hatten ein bißchen Ärger mit der Zentralheizung. Sollten sie eigentlich nicht mehr brauchen, wo wir doch schon Anfang Juni haben, aber es ist ungewöhnlich kühl für diese Jahreszeit. Und es ist so schwierig, einen Handwerker kommen zu lassen. Ich weiß nicht, was mit den Menschen passiert ist. Heutzutage scheinen sie auf Kundschaft keinen Wert mehr zu legen.«

»Erzähle ihm von dem neuen Arzt, Henry. Ein fürchterlich grober Mensch, hat überhaupt keine Bildung oder Manieren. Und schmutzige Fingernägel. Stell dir vor, der untersucht die Menschen mit seinen schmutzigen Fingernägeln!«

»Natürlich ist der Krieg an allem schuld. Er hat einen völlig anderen Menschentyp an die Oberfläche gespült. Brasilien zeigt noch nicht die geringste Schwäche, und unsere Regierung . . .«

»Der arme Junge will doch nichts vom Krieg hören, kaum, daß er nach Hause gekommen ist, Henry. Sie haben jetzt sogar einige Lebensmittel rationiert! Alles, was wir auf dem Techni sehen, ist Propaganda, Propaganda. Und die Qualität von allen Dingen ist auch viel schlechter geworden. Ich mußte letzte Woche einen neuen Kochtopf kaufen, weil . . .«

»Setz dich hierher, Gussie! Natürlich ist der Krieg an allem schuld. Ich weiß nicht, was aus uns noch werden soll. Die Nachrichten aus Sektor 160 sind so niederdrückend, findest du nicht auch?«

Phipps sagte: »Draußen in der Galaxis interessiert sich kein Mensch für den Krieg. Ich muß ehrlich sagen, für mich klingt das alles ein bißchen irreal.«

»Hast du etwa deinen Patriotismus verloren, Gussie?« fragte sein Vater.

»Patriotismus ist doch nichts anderes als erweiterter Egoismus«, sagte Phipps rasch und sah zu seiner Erleichterung, daß die Brust seines Vaters, momentan vorgereckt, wieder einfiel.

Seine Mutter brach eine drückende Stille, indem sie sagte: »Jedenfalls, mein Junge, wirst du während deines Urlaubs feststellen, daß England sich verändert hat. Wie lange bleibst du übrigens?«

So wenig ihn das Gerede seiner Eltern auch begeistert hatte, diese plötzliche Frage brachte ihn in Verlegenheit, da Mutter und Vater angespannt auf seine Antwort warteten. Er kannte dieses bedrückende Gefühl von früher. Sie wollten nichts von ihm, nur seine Gegenwart, damit sie ihm etwas sagen konnten. Sie wollten nichts von ihm, außer seinem Leben.

»Ich werde nur eine Woche bleiben. Das reizende halb-chinesische Mädchen, das ich während meines letzten Urlaubs kennengelernt habe, Ah Chi, ist gerade zu einem Mal-Urlaub in Fernost. Am nächsten Donnerstag fliege ich zu ihr nach Macao.«

Wieder alles wie gehabt. Er kannte das tadelnde Kopfschütteln seines Vaters, dieses besondere Vorschieben der Lippen seiner Mutter, als ob sie zwischen ihnen einen Zitronenkern saugte. Bevor sie etwas sagen konnten, stand er auf.

»Ich gehe nach oben und packe meine Sachen aus. Bitte entschuldigt mich.«

KAPITEL 5

Pasztor, der Direktor des Londoner Exozoos, war ein gutaussehender, schlanker Mann, der trotz seiner zweiundfünfzig Jahre noch kein einziges graues Haar auf dem Kopf hatte. Er war gebürtiger Ungar und hatte im Alter von fünfundzwanzig Jahren eine Expedition in die submarine Antarktik geführt, hatte 2005 die Zoologische Kuppel Tellus auf dem Asteroiden Apollo aufgebaut, und 2014 das erfolgreichste Technidrama des Jahres geschrieben: *Ein Eisberg für Ikarus.* Einige Jahre später nahm er an der Ersten Charon Expedition teil, die den bis dahin unbekannten Planeten des Sonnensystems kartographierte und auf ihm landete; Charon, eisig und unwirtlich, mehr als dreitausend Millionen Meilen jenseits des Pluto-Orbits, hatte den Namen ›der Tiefkühlplanet‹, der ihm von Pasztor verliehen wurde, mehr als verdient.

Nach diesem Triumph wurde Sir Mihaly Pasztor zum Direktor des Londoner Exozoos ernannt und war jetzt damit beschäftigt, Bruce Ainson einen Drink anzubieten.

»Du weißt doch, daß ich nicht trinke«, sagte Bruce und schüttelte tadelnd seinen schmalen Kopf.

»Von jetzt an bist du ein berühmter Mann, Bruce. Du solltest einen Toast auf deinen Erfolg ausbringen, so wie ich es jetzt tue. Die Drinks sind alle reine Synthetiks, mußt du wissen – ein dealkoholisierter Schluck kann dir bestimmt nicht schaden.«

»Du kennst mich schon sehr lange, Mihaly. Ich will immer nur meine Pflicht tun.«

»Ja, ich kenne dich schon sehr lange, Bruce. Ich weiß, daß du sehr wenig auf die Meinung oder den Beifall aller anderen Menschen gibst, so durstig bist du auf ein Nicken der Zustimmung von deinem Superego«, sagte der Direktor mit milder Stimme, während der Barmann ihm einen Cocktail mixte, der unter dem Namen ›Transponential‹ bekannt war. Sie befanden sich auf dem Empfang, der in dem zum Exozoo gehörenden Hotel gegeben wurde, wo Wandmalereien von exotischen Tieren auf eine Gesellschaft in hellen Uniformen und geblümten Kleidern herabstarrten.

»Ich brauche die Brosamen aus deiner Weisheitsquelle nicht«, sagte Ainson.

»Du wirst nie zugeben, daß du jemals von irgend jemand etwas brauchst«, sagte der Direktor. »Ich wollte dir dies schon seit langem sagen, Bruce – und obwohl dies weder der richtige Ort, noch die richtige Zeit ist, laß mich weitersprechen, da ich nun einmal angefangen habe. Du bist ein sehr tapferer, gebildeter und erfolgreicher Mann. Das hast du nicht nur der Welt, sondern auch dir selbst bewiesen. Du kannst es dir jetzt leisten, abzuschalten, deine Verteidigung fallenzulassen. Du kannst es dir jetzt nicht nur leisten, sondern du mußt es sogar tun, bevor es zu spät ist. Ein Mensch besitzt auch ein Innenleben, Bruce, und das deine ist dabei, zu ersticken . . .«

»Mein Gott, Mann!« rief Ainson halb lachend, halb wütend. »Du redest wie ein unmöglich romantischer Charakter in einem deiner Stücke! Ich bin, was ich bin, und ich bin nicht anders als so, wie ich immer gewesen bin. Da kommt Enid, und es wird höchste Zeit, daß wir das Thema wechseln.«

Zwischen all den hellen Kleidern wirkte Enid Ainsons mit einer Kapuze bestückter, dunkler Zweiteiler so fröhlich wie eine Sonnenfinsternis. Sie lächelte jedoch, als sie auf ihren Mann und Pasztor zutrat.

»Es ist ein wunderbarer Abend, Mihaly. Es war wirklich dumm von mir, daß ich bei Bruces letzter Rückkehr nicht mitgekommen bin. Und du hast auch einen so schönen Raum für solche Anlässe.«

»Während der Kriegszeit bemühen wir uns, etwas mehr Fröhlichkeit hineinzuquetschen, und dein Erscheinen war der Höhepunkt.«

Sie lachte geschmeichelt, protestierte jedoch: »Das ist ein furchtbar übertriebenes Kompliment, Mihaly, aber die bin ich ja von dir gewöhnt.«

»Macht dir denn dein Mann nie ein Kompliment?«

»Also, ich weiß nicht . . . Ich weiß nicht, ob Bruce . . . ich meine . . .«

»Ihr seid albern, alle beide«, sagte Ainson. »Es ist schon genug Krach hier, um jeden Menschen taub werden zu lassen. Mihaly, ich habe genug von diesem Unsinn, und ich bin überrascht, daß es dir nicht auch reicht, Enid. Laß uns endlich vom Geschäftlichen reden! Ich bin hergekommen, um dir die ETAs offiziell zu übergeben, und das möchte ich jetzt tun. Können wir das irgendwo in Ruhe und Frieden erledigen?«

Pasztor hatte schmale Brauen, die sich jetzt bis zum Haaransatz hoben, dann wieder senkten und sich dann zu einem Runzeln verknoteten.

»Willst du mich von meiner Pflicht gegenüber dem Barmann abhalten? Na schön, ich denke, wir können für einen Moment zu dem neuen ETA-Gehege hinuntergehen, wenn es unbedingt sein

muß. Deine beiden Exemplare sollten inzwischen hineingebracht worden sein und die Raumhafen-Beamten aus dem Weg.«

Ainson wandte sich zu seiner Frau um und legte seine Hand auf ihren Arm.

»Kommst du auch mit, Enid? Die Aufregung hier ist nicht gut für dich.«

»Unsinn, mein Lieber, ich amüsiere mich blendend.« Sie löste ihren Arm aus seinem Griff.

»Du könntest wirklich etwas mehr Interesse für die Kreaturen zeigen, die wir mitgebracht haben.«

»Ich bin überzeugt, daß ich noch wochenlang von ihnen hören werde.« Sie blickte auf die Canyons in seinem Gesicht und sagte in demselben humorvoll-resignierten Tonfall: »Also gut, ich werde mitkommen, wenn du es nicht ertragen kannst, mich außer Sicht zu lassen. Aber dann mußt du mir meinen Umhang holen, weil es viel zu kühl ist, um so hinauszugehen.«

Wortlos wandte Ainson sich ab und ging. Pasztor hob eine Braue, als er Enid anblickte, dann holte er für sie beide Drinks.

»Ich weiß nicht, ob ich noch einen trinken soll, Mihaly. Wäre es nicht schrecklich, wenn ich einen Schwips bekäme?«

»Das passiert schon mal. Sieh dir doch nur Mrs. Friar dort drüben an. Aber jetzt, wo wir alleine sind, werde ich nicht mit dir flirten, was ich am liebsten täte, sondern dich nach eurem Sohn Aylmer fragen. Was tut er jetzt? Wo ist er?«

Er sah, daß ihr Gesicht sich ein wenig rötete. Sie blickte zur Seite, als sie sprach.

»Nicht, bitte, verdirb uns nicht diesen Abend, Mihaly. Es ist so schön, daß Bruce wieder zurück ist. Ich weiß, daß du ihn für ein entsetzliches Scheusal hältst, doch das ist er nicht, nicht unter der äußeren Schale.«

»Wie geht es Aylmer?«

»Er ist in London. Davon abgesehen weiß ich nichts von ihm.«

»Ihr seid zu streng mit ihm.«

»Bitte, Mihaly!«

»Bruce ist zu streng mit ihm. Du weißt, daß ich das als alter Freund sage, und auch als Aylmers Pate.«

»Er hat etwas Schlimmes angestellt, und sein Vater hat ihn aus dem Haus gewiesen. Sie sind nie gut miteinander ausgekommen, wie du weißt, und obwohl mir der Junge sehr leid tut, muß ich zugeben, daß es sehr viel friedlicher geworden ist, seit ich mich nicht mehr mit beiden herumzuschlagen habe.« Sie blickte zu ihm auf und setzte hinzu: »Und glaube jetzt nur nicht, daß ich immer den Weg des geringsten Widerstandes gehe, denn das tue ich nicht. Jahrelang habe ich einen regelrechten Krieg mit ihnen geführt.«

»Ich habe nie ein Gesicht gesehen, das weniger vom Krieg gezeichnet ist. Was hat Aylmer eigentlich getan, um dieses harte Urteil auf sich herabzubeschwören?«

»Das mußt du schon Bruce fragen, wenn du es unbedingt wissen willst.«

»Hatte es irgend etwas mit einem Mädchen zu tun?«

»Ja, es ging um ein Mädchen. Und da kommt Bruce.«

Als der Meister-Forscher seiner Frau das Cape umgelegt hatte, führte Mihaly sie durch eine Seitentür aus der Halle. Sie gingen einen teppichbelegten Korridor entlang, eine Treppe hinab und traten in das abendliche Dunkel. Der Zoo lag still, nur zwei oder drei Londoner Stare flogen verspätet zwischen den Bäumen entlang zu Bett, und aus seinem geheizten Becken hob sich der lange Hals eines Rungsted-Sauropods, das sie wie in dumpfer Verwunderung anstarrte, als sie vorbeigingen. Pasztor bog um eine Ecke, bevor sie das Haus der Methan-Säugetiere erreichten und führte seine Begleiter zu einem neuen Gebäude, das auf die moderne Weise aus sandgestrahlten, verstärkten Plastik-Blocks, strohgebundenem Beton mit Vertikalverstrebungen aus Blei errichtet worden war. Als sie es durch eine Seitentür betraten, flammten die Lichter auf.

Verstärke, gekrümmte Glasscheiben trennten sie von den beiden ETAs. Die Kreaturen wandten sich um, als die Lichter angingen, und blickten die Menschen an. Ainson machte eine halbherzige Geste des Erkennens; sie löste keine erkennbare Reaktion aus.

»Zumindest haben sie eine geräumige Behausung«, sagte er. »Latschen den ganzen Tag über Menschen hier vorbei und drükken ihre häßlichen Nasen gegen das Glas?«

»Das Publikum wird zu diesem Block lediglich zwischen zwei Uhr dreißig und vier Uhr nachmittags zugelassen«, sagte Pasztor. »Während der Vormittagsstunden werden wissenschaftliche Experten unsere Besucher studieren.«

Die Besucher hatten einen großen Doppelkäfig, dessen Hälften durch eine niedrige Tür miteinander verbunden waren. Auf der Rückseite des einen Raums befand sich eine flache Betonbank, die mit Schaumplastik gepolstert worden war. Wasser- und Futtertröge waren an den weiteren Wänden installiert. Die ETAs standen in der Mitte der Räume; es hatte sich bereits eine ziemliche Menge Dreck um sich angesammelt.

Drei eidechsenähnliche Tiere liefen über den Boden und sprangen an die massiven Körper der ETAs. Sie suchten nach einer Hautfalte und verschwanden darin. Ainson deutete auf sie.

»Habt ihr sie gesehen? Also sind sie noch immer da. Sie sehen wie Eidechsen aus. Ich glaube, daß es vier sind, und sie bleiben immer in der Nähe dieser Außerirdischen. Zwei dieser Tiere hingen auch an dem sterbenden ETA, den wir an Bord der *Mariestopes* genommen haben. Wahrscheinlich sind sie Symbionten. Dieser Blödian von einem Captain, der von ihnen durch meine Berichte erfahren hatte, wollte sie vernichten lassen – er sagte, es könnten gefährliche Parasiten sein – aber ich habe mich gegen ihn durchgesetzt.«

»Wer war das? Edgar Bargerone?« fragte Pasztor. »Ein sehr tapferer Mann, wenn auch nicht gerade ein Genie; wahrscheinlich klammert er sich noch immer an die geozentrische Konzeption des Universums.«

»Er hat von mir verlangt, daß ich mit diesen Burschen in Kommunikation komme, bevor wir die Erde erreichten! Er hat keine Ahnung von den Problemen, vor denen wir stehen.«

Enid, die die Gefangenen aufmerksam betrachtete, sah auf und sagte: »Wirst du irgendwann in der Lage sein, dich mit ihnen zu verständigen?«

»Die Frage ist nicht so einfach zu beantworten, wie sie Laien erscheinen mag. Ich werde es dir irgendwann später erklären.«

»Mein Gott, Bruce, ich bin doch kein Kind mehr. Wirst du eines Tages mit ihnen reden können oder nicht?«

Der Meister-Forscher steckte die Hände in die großen Hüfttaschen seiner Uniformjacke und blickte seine Frau an. Als er dann sprach, war es mit dem arroganten Ton eines Predigers von der Höhe seiner Kanzel aus.

»Mit einem Vierteljahrhundert Erforschung der stellaren Räume hinter uns, meine liebe Enid, haben die Nationen der Erde – trotz des Umstandes, daß die Gesamtzahl der Sternenschiffe zu jedem gegebenen Zeitpunkt nur selten ein Dutzend überschritten hat, etwa dreihundert in etwa erdähnliche Planeten aufsuchen können. Auf diesen dreihundert Planeten, Enid, haben sie manchmal quasi-intelligente Lebensformen entdeckt, und manchmal nicht. Doch haben sie nirgends etwas gefunden, das mehr Gehirn als ein Schimpanse besitzt. Jetzt haben wir diese Kreaturen auf Clementina gefunden, und wir haben Grund zu der Annahme, daß sie eine Intelligenz besitzen könnten, die der des Menschen ebenbürtig ist – das Hauptindiz zu dieser Vermutung ist der Umstand, daß sie ein ... eine Maschine besitzen, mit der Reisen zwischen Planeten möglich sind.«

»Warum machst du dann ein solches Geheimnis daraus?« fragte Enid. »Es gibt doch eine Reihe einfacher Tests für so eine Situation. Warum wendest du sie nicht an? Haben diese Kreaturen eine Schriftsprache? Reden sie miteinander? Haben sie einen bestimmten Verhaltenskodex? Sind sie in der Lage, eine bestimmte Folge von Gesten zu wiederholen? Reagieren sie auf einfache, mathematische Konzepte? Wie stellen sie sich zu menschlichen Artefakten? Und, natürlich, besitzen sie eigene Artefakte? Wie machen sie ...«

»Ja, ja, meine Liebe, wir haben deinen Standpunkt begriffen: man muß Tests anwenden. Ich war während der Rückreise nicht ganz untätig; ich habe solche Tests durchgeführt.«

»Und, wie waren die Ergebnisse?«

»Widersprüchlich. So widersprüchlich, daß ich zu dem Schluß gekommen bin, sie waren unbrauchbar und unzureichend ... kurz gesagt, zu sehr dem Anthropomorphismus verhaftet. Und genau das ist es, worauf ich hinauswill. Bis es gelingt, Intelligenz genauer zu bestimmen, dürfte es uns nicht leicht fallen, eine Kommunikation mit ihnen zu beginnen.«

»Andererseits«, setzte Pasztor hinzu, »dürfte es dir ziemlich schwer fallen, Intelligenz zu definieren, wenn es dir nicht gelingt, dich mit ihnen zu verständigen.«

Ainson wischte diese Worte mit der Geste eines praktisch denkenden Menschen, der nichts von Haarspaltereien hält, beiseite.

»Als erstes wollen wir Intelligenz definieren. Ist die kleine Spinne, *argyroneta aquatica,* intelligent, weil sie eine Taucherglocke konstruieren und unter Wasser leben kann? Nein. Gut. Dann mögen auch diese Kreaturen nicht intelligenter sein, nur weil sie ein Raumschiff bauen können. Auf der anderen Seite könnten sie aber auch so hochintelligent sein und das Endprodukt einer so alten Zivilisation darstellen, daß alle Denkprozesse, die wir in unserem Bewußtsein anstellen, bei ihnen durch ererbtes Wissen oder in ihrem Unterbewußtsein ablaufen, wodurch ihr bewußter Verstand für andere Denkprozesse frei bleibt – vielleicht für Denkprozesse einer Art, die über unser Begriffsvermögen hinausgeht. Wenn dem so sein sollte, könnte jede Kommunikation zwischen unseren Spezies für immer ausgeschlossen sein. Erinnert euch, daß ein Wörterbuch ›Intelligenz‹ einfach als ›erhaltene Information‹ interpretiert; wenn sie keine Informationen von uns aufnehmen, und wir keine von ihnen erhalten, dann haben wir das Recht zu behaupten, daß ETAs keine Intelligenz besitzen.«

»Ich bin da ein wenig verwirrt«, sagte Enid. »Nach deinen Erklärungen klingt es alles entsetzlich schwierig, in deinen Briefen jedoch recht einfach. Du hast geschrieben, daß diese Kreaturen versucht hätten, durch eine Serie von Grunz- und Pfeiftönen zu einer Verständigung mit dir zu gelangen; du hast geschrieben, daß sie hervorragend ausgebildete Hände besäßen; du hast geschrieben, daß sie auf – wie heißt es noch? – auf Clementina in einem Raumschiff gelandet seien. Damit dürfte die Lage doch wohl klar sein: Sie sind intelligent; und zwar verfügen sie nicht nur über die beschränkte Intelligenz eines Tieres, sondern sie sind so intelligent, um eine Zivilisation und eine Sprache hervorgebracht zu haben. Das einzige Problem wäre also, ihre Laute und Pfeiftöne in die menschliche Sprache zu übersetzen.«

Ainson wandte sich an den Direktor.

»Du verstehst sicher, warum das nicht so einfach ist, nicht wahr, Mihaly?«

»Wir haben den größten Teil deiner Berichte gelesen, Bruce. Ich weiß, daß diese Säugetiere mit Atemsystemen und Verdauungstrakten sind, die den unseren ähneln, daß sie ein Gehirn besitzen, das etwa das gleiche Gewichtsverhältnis zu ihrem Körper besitzt wie das unsere, daß sie, da sie Hände haben, das Universum etwa mit demselben Gefühl betrachten wie wir, daß Materie dazu da ist, um manipuliert zu werden. Nein, ganz offen, Bruce, ich sehe ein, daß es eine schwierige Aufgabe sein mag, ihre Sprache zu erlernen, oder sie dazu zu bringen, die unsere zu lernen, doch ich habe das Gefühl, daß du die Schwierigkeiten überschätzt.«

»So? Warte, bis ich diese Burschen eine Weile unter Beobachtung gehabt habe. Dann wirst du es anders sehen. Ich sage dir, Mihaly, ich versuche mich selbst in ihre Lage zu versetzen, und trotz ihrer widerlichen Gewohnheiten habe ich mir das Mitgefühl für sie erhalten können. Doch das einzige andere Gefühl, das ich entwickeln kann – inmitten eines Meeres von Frustration –, ist, daß sie, falls sie irgendeine Form von Intelligenz besitzen, eine Einstellung zum Universum haben müssen, die sich von der unseren grundlegend unterscheidet. Wirklich, man stellt sich vor, daß sie . . . daß sie . . .« – er deutete auf die beiden, die ruhig hinter ihrer Glasscheibe standen – ». . . daß sie sich uns überlegen fühlen.«

»Wir werden sehen, was die Linguisten dazu meinen«, erklärte Pasztor. »Und Bryant Lattimore von der USGN-Flugberatung – er ist ein sehr energischer Mann –, ich glaube, daß du ihn mögen wirst; er trifft morgen aus den Staaten hier ein. Seine Ansichten könnten sehr wertvoll sein.« Dies war nicht gerade eine Bemerkung, die Bruce Ainson glücklich machte. Er entschied, daß er von diesem Thema genug hatte.

»Es ist jetzt zehn Uhr«, sagte er. »Zeit, daß Enid und ich nach Hause fahren; du weißt, daß ich einen sehr strikten Stundenplan einhalte, wenn ich auf der Erde bin. Wir haben das Fest genossen, Mihaly. Wir werden dich am Wochenende wiedersehen.«

Sie schüttelten sich mit wiederkehrender Herzlichkeit die

Hände. Gereizt durch einen seiner Anfälle, zu provozieren, die dafür sorgten, daß er nie höher aufsteigen würde, als bis zu seiner jetzigen Pfründe, fragte Sir Mihaly: »Übrigens, was haben Aylmer und das Mädchen angestellt, das so sehr gegen deine Grundsätze verstieß, daß du ihn aus dem Haus geworfen hast?«

Ein Dunkelrot wie von staubigen Ziegeln färbte Bruce Ainsons Hals und Wangen.

»Das solltest du ihn lieber selbst fragen; vielleicht hält er es für richtig, deine Neugier zu befriedigen; ich sehe ihn nicht mehr«, sagte er steif. »Wir finden unseren Weg allein.«

Der Zubringer der Bezirks-Linie stieg durch die von den Lichtern der Stadt gepunktete Nacht empor. Es hing schwindelerregend an seiner dünnen Schiene. Enid schloß die Augen und wünschte, sie hätte ein Antivom genommen, bevor sie eingestiegen waren; sie war Reisen nicht gewöhnt.

»An was denkst du?« fragte ihr Mann.

»Ich denke nicht, Bruce.«

Nach kurzem Schweigen sagte Ainson: »Worüber hast du mit Mihaly gesprochen, als ich fort war, um dein Cape zu holen?«

»Daran kann ich mich nicht mehr erinnern. Was man eben so redet. Warum fragst du mich danach?«

»Hast du ihn öfter getroffen, während ich unterwegs war?«

Sie seufzte, und das Rauschen des Fahrtwindes übertönte das leise Geräusch.

»Das fragst du mich immer wieder, Bruce, nach jeder Rückkehr. Hör' endlich auf mit deiner Eifersucht, sonst bringst du mich noch auf einen Gedanken! Mihaly ist ein lieber Kerl, aber er bedeutet mir nichts.«

Hoch über London entließ der Zubringer sie auf die große gewölbte Plattform des Äußeren Rings. Ihre Sektion dieser neu errichteten Konstruktion war gedrängt voll, also bewahrten sie Schweigen, während sie auf die Nonstop-Spur zugewirbelt wurden, die sie nach Hause bringen würde. Doch auch als sie im Monobus saßen, dauerte das Schweigen an. Keiner der beiden fühlte sich dabei wohl und fürchtete unbekannte Gedanken im anderen. Enid sprach als erste.

»Auf jeden Fall bin ich froh, daß du endlich Erfolg gehabt hast, Bruce. Wir müssen eine Party geben. Ich bin sehr stolz auf dich, mußt du wissen.«

Er streichelte ihre Hand und lächelte sie verzeihend an, wie man es mit einem Kind tut.

»Ich fürchte, ich werde keine Zeit für Parties haben. Jetzt erst geht die wirkliche Arbeit los. Ich muß jeden Tag im Zoo sein und die Forschungsteams beraten. Ohne mich kommen die Leute nicht zurecht, weißt du.«

Sie starrte vor sich hin. Sie war nicht wirklich enttäuscht; sie hätte diese Antwort erwarten sollen. Und selbst jetzt spürte sie keine Verärgerung oder Enttäuschung, sondern versuchte, ihm Freundlichkeit zu zeigen, indem sie ihm eine ihrer dummen, kleinen Fragen stellte, die er von ihr erwartete.

»Du hoffst wohl sehr, daß wir lernen können, mit diesen Kreaturen zu sprechen, nicht wahr?«

»Die Regierung ist weniger begeistert, als ich gehofft hatte. Natürlich, bei diesem blöden Krieg ... Vielleicht werden sich Fakten zeigen, die sich als wichtiger erweisen als die Sprache.«

Sie stellte in seiner Formulierung die gewisse Verschwommenheit fest, die sich immer bemerkbar machte, wenn er einer Sache nicht sicher war.

»Was für Fakten?«

Er starrte in das Dunkel vor dem Fenster.

»Das verwundete ETA hat eine erstaunliche Resistenz gegenüber dem Sterben demonstriert. Als sie es auf der *Mariestopes* sezierten, haben sie es fast in Stücke geschnitten, bevor es starb. Diese Kreaturen besitzen eine phänomenale Widerstandskraft gegenüber Schmerzen. Sie fühlen keinen Schmerz. Sie – *fühlen keinen Schmerz!* Stell dir das einmal vor! Es steht alles in den Berichten, in Tabellen vergraben und mit technischen Daten verschnürt. Meine Geduld in diesem Punkt ist jetzt zu Ende. Doch eines Tages wird jemand die Bedeutung dieser Fakten erkennen.«

Wieder fühlte sie die Stille wie einen Stein von seinen Lippen fallen, als er an ihr vorbei aus dem Fenster starrte.

»Du hast gesehen, wie diese Kreatur aufgeschnitten wurde?«

»Natürlich.«

Sie dachte an all die Dinge, zu denen Menschen fähig waren, und die sie anscheinend ohne Schwierigkeiten verkrafteten.

»Kannst du dir das vorstellen?« fragte Ainson, »niemals Schmerz zu fühlen, weder körperlich, noch geistig?«

Sie sanken auf die Ebene des lokalen Verkehrs herab. Sein melancholischer Blick ruhte auf dem Dunkel, in dem ihr Haus verborgen lag.

»Was für ein Segen das für die Menschheit sein könnte!« rief er.

Nachdem die Ainsons gegangen waren, stand Sir Mihaly Pasztor eine Weile an der Stelle, an der sie ihn verlassen hatten, in einer Leere, aus der sich gelegentlich Gedanken entwickelten. Er begann auf und ab zu gehen, unter den wachsamen Blicken der beiden Aliens hinter dem Glas. Ihr Starren ließ ihn seine Schritte nach einer Weile verlangsamen, und schließlich blieb er vor ihnen stehen, schaukelte auf den Fußballen leicht vor und zurück, blickte sie mit verschränkten Armen eine Weile an und sprach dann zu ihnen.

»Meine lieben Pfleglinge, ich verstehe das Problem, und obgleich ich Wesen eurer Art noch nie zuvor kennengelernt habe, verstehe ich, zumindest in einem begrenzten Maß, auch euch. Vor allem verstehe ich, daß ihr bis jetzt nur einem geistig beschränkten Typ des Menschen gegenübergestanden habt. Ich kenne Raumfahrer, meine rundbäuchigen Freunde, denn ich war selbst einmal Raumfahrer, und ich weiß, wie die langen, dunklen Jahre einen inflexiblen Verstand beeinflussen und formen können. Ich habe Menschen gegenübergestanden, denen Menschlichkeit fehlt, Menschen, die keinerlei feine Perzeption besitzen. Menschen ohne die Gabe des Mitgefühls, Menschen, die kaum etwas entschuldigen oder verstehen, weil ihnen jedes Wissen über die Vielfalt menschlichen Verhaltens fehlt, Menschen, die keinen Einblick in andere haben, weil sie keinen Einblick in sich selbst haben.

Kurz gesagt, meine lieben, dungverschmierten Pfleglinge, wenn ihr zivilisiert seid, müßt ihr Umgang mit einem wirklich zivilisierten Menschen haben. Falls ihr wirklich mehr seid als Tiere, sollte es nicht zu lange dauern, bis wir einander verstehen. Und danach kommt die Zeit, in der Worte zwischen uns wachsen werden.«

Eins der beiden ETAs streckte seine Glieder aus, erhob sich und trat an die Glaswand. Sir Mihaly Pasztor nahm das als Omen.

Er ging zum rückwärtigen Teil des Geheges, trat in den kleinen Vorraum, durch den man Zugang zu den Käfigen hatte, und drückte auf einen Knopf. Die Bodenplatte, auf der er stand, bewegte sich vorwärts, zusammen mit einer niederen Barriere, so daß der Direktor wie ein Untersuchungsgefangener wirkte, der hinter einer kniehohen Anklagebank einen Gerichtssaal betrat. Der Mechanismus stoppte. Er und die beiden ETAs standen einander nun direkt gegenüber, obwohl ein Knopf unter der rechten Hand Pasztors ihm einen sofortigen Rückzug sicherte, falls die Situation gefährlich werden sollte.

Die ETAs stießen leise Pfeiftöne aus und drängten sich aneinander. Ihr Geruch, wenn auch nicht so widerlich, wie er es erwartet hatte, war nichtsdestoweniger recht durchdringend. Mihaly rümpfte die Nase.

»Nach unserer Auffassung«, sagte er, »ist der Maßstab für Zivilisation die Entfernung, die der Mensch zwischen sich und seine Exkremente legt.«

Eins der ETAs streckte ein Glied heraus und kratzte sich.

»Es gibt auf der Erde keine Zivilisation, die nicht auf einem Alphabet begründet ist. Selbst der Ureinwohner Australiens ritzt seine Ängste und Hoffnungen in Fels. Aber habt ihr überhaupt Ängste und Hoffnungen?«

Das Glied hatte fertiggekratzt und wurde wieder eingezogen; lediglich die Handfläche zeichnete sich an sechs Stellen als spitz zulaufendes Muster durch die glatte Haut ab.

»Es ist unmöglich, sich eine Lebensform, die größer als ein Floh ist, ohne Ängste und Hoffnungen vorzustellen, oder irgendein Äquivalent, das auf Schmerz-Stimuli basiert. Gute Empfindungen und schlechte Empfindungen, sie sind es, die uns durch das Leben bringen, sie sind unsere Erfahrungen mit der

Umwelt. Doch wenn ich den Autopsiebericht über einen eurer verstorbenen Freunde richtig verstanden habe, spürt ihr keinen Schmerz. Wie radikal anders müssen deshalb eure Erfahrungen mit der Umwelt sein.«

Eine der eidechsenartigen Kreaturen tauchte auf. Sie lief über den Rücken ihres ETA, streckte ihre schnüffelnde Nase tief in eine Hautfalte und rührte sich nicht mehr, wodurch sie fast unsichtbar wurde.

»Und was ist eigentlich die Umwelt? Da wir sie nur durch unsere Sinne wahrnehmen, erhalten wir nie ein unverzerrtes Bild; wir erfahren sie allein als äußere-Welt-plus-Sinnesempfindungen. Was ist eine Straße? Für einen kleinen Jungen eine ganze, von Geheimnissen erfüllte Welt. Für einen Militärstrategen eine Reihe von Stellungen und schwer zu haltenden Positionen; für einen Liebenden der Ort, an dem seine Geliebte lebt; für eine Prostituierte ihr Geschäftsbereich; für einen Stadthistoriker eine Serie von Wasserstandmarken in der Zeit; für einen Architekten ein Kompromiß zwischen Kunst und Notwendigkeit; für einen Maler ein Abenteuer in Perspektive und Farben; für einen Reisenden ein Ort, an dem er einen kühlen Drink und ein warmes Bett findet; für den ältesten Bewohner ein Denkmal seiner Jugendsünden, seiner Lieben, seiner Hoffnungen; für den Autofahrer . . .

Auf welche Weise also, meine geheimnisvollen Freunde, sind unsere Umwelten, die eure und die meine, einander ähnlich oder völlig verschieden? Dürfte das nicht ziemlich schwer feststellbar sein, bevor es uns gelingt, miteinander zu reden? Oder zieht ihr es, so wie euer Meister-Forscher, vor, den Prozeß umzukehren: müssen wir zumindest die Art eurer Umwelt begreifen lernen, bevor wir miteinander sprechen können?

Und bin ich nicht plötzlich in die Voraussetzung abgeglitten, daß ihr tatsächlich Intelligenz besitzt? Denn könnte es nicht genau so gut möglich sein, daß ihr beiden verlorenen Kreaturen lediglich Geiseln der größeren Frage seid? Vielleicht wird es uns niemals gelingen, mit einem von euch beiden in Kommunikation zu gelangen. Doch ihr seid ein Indiz dafür, daß sich irgendwo – vielleicht nur wenige Lichtjahre von Clementina entfernt – ein

Planet befinden muß, der voller Wesen eurer Art ist. Wenn wir dorthin gereist wären, wenn wir euch in eurer natürlichen Umwelt gefangen hätten, würden wir unendlich viel mehr von euch wissen und verstehen, würden wir sehr viel klarer sehen, über was wir miteinander sprechen sollten. Wir brauchen nicht nur Linguisten, wir brauchen zwei Sternenschiffe, die den Weltraum um Clementina nach eurem Heimatplaneten absuchen. Ich muß darüber mit Lattimore reden.«

Die ETAs saßen reglos.

»Ich warne euch, der Mensch ist eine äußerst hartnäckige Kreatur. Wenn die Umwelt nicht zu ihm kommt, geht er zu ihr. Wenn ihr ein Vokabular besitzen solltet, das sich mitteilen läßt, bereitet euch darauf vor, es bald mitzuteilen.«

Ihre Augen hatten sich geschlossen.

»Seid ihr bewußtlos geworden oder betet ihr? Letzteres wäre klüger, da ihr euch jetzt in den Händen von Menschen befindet.«

Philosophieren war jedoch nicht das einzige, was in dieser ersten Nacht nach der Rückkehr der *Mariestopes* geschah. Es gab auch einen Einbruch.

Rodney Walthamstone habe nicht anders können, behauptete sein Verteidiger, als der Fall vor Gericht kam. Es sei eine Zwangshandlung gewesen, von einer in dieser modernen Zeit nicht ungewöhnlichen Art, wo alle zwei Monate ein Raumschiff zurückkehre, das in die Tiefen des Kosmos vorgestoßen sei. Es seien normale Sterbliche, die an diesen furchtbaren – und er gebrauchte das Wort ohne eine beabsichtigte Übertreibung – an diesen furchtbaren Reisen teilnähmen, Mylord, Menschen wie Rodney Walthamstone, auf die der Raum eine ungeheure Wirkung ausüben mußte. Das sei seit langem bekannt und von der Psychologie vor zehn Jahren als Bestars Syndrom bezeichnet worden (nach dem berühmten Psychodynamiker, Mylord).

Draußen im Weltraum gäbe es keine der Symbole und Anhaltspunkte, die der Verstand eines Menschen benötigt. Man brauchte nicht unbedingt mit dem französischen Philosophen Deutch übereinzustimmen, der behauptete, daß Kosmos und Verstand zwei einander entgegengesetzte Pole des Magneten der

Ganzheit seien, um zu erkennen, daß Weltraumreisen jeden Menschen ungeheuren Belastungen unterwarfen, und daß er auf die Erde mit einem Heißhunger für Normalität zurückkehrte, der sich nicht immer auf legalem Wege stillen ließe. Wenn man das als erwiesen ansah, dann war es das Gesetz, und nicht der Verstand des Menschen, das einer Änderung bedurfte; der Mensch war in die unendlichen Tiefen des Sternenraums vorgestoßen; jetzt war es Sache des Gerichts, sich etwas weniger an die Erde gefesselt zu zeigen.

(Gelächter).

Was für ein Symbol besaß mehr Gewalt über den Verstand des Menschen, als ein Haus, jenes Symbol des Heims, des Schutzes vor einer feindlichen Umwelt, dieses Symbol der Zivilisation selbst? Also sollte das Gericht in diesem Fall eines Einbruchs – auch wenn es bedauerlich war, daß der Hauseigentümer mit einem Totschläger niedergeschlagen worden war – einsehen, daß der gewiß nicht als unheroisch zu bezeichnende Angeklagte lediglich nach einem Symbol gesucht hatte. Natürlich hat er, wie er offen zugibt, zu der Zeit etwas unter dem Einfluß von Drinks gestanden, doch Bestars Syndrom umfaßt auch ...

Der Richter gab zu, daß die Verteidigung mit dieser Einlassung recht hatte, sagte aber auch, daß er es satt war, immer wieder Raumschiff-Matrosen vor sich zu sehen, die nach ihrer Rückkehr England behandelten, als ob es ein Stück des unentwickelten Kosmos sei. Dreißig Tage hinter Gittern sollten dem Angeklagten vor Augen führen, daß es einen erheblichen Unterschied zwischen beiden gäbe.

Das Gericht zog sich zur Mittagspause zurück, und Miss Florence Walhamstone wurde weinend aus dem Gerichtssaal in den nächsten Pub geführt.

»Hank, mein Schatz, du willst doch nicht wirklich beim Raumkorps anheuern, nicht wahr? Du gehst doch nicht wieder in den Raum hinaus, nicht wahr?«

»Ich habe dir doch gesagt, Liebling, daß ich nur Verträge für jeweils eine Reise abschließen werde, so wie ich es auch beim Forschungskorps gehalten habe.«

»Ich werde euch Männer niemals begreifen lernen, und wenn ich tausend Jahre leben sollte. Was gibt es denn dort draußen, das euch so unwiderstehlich erscheint? Was habt ihr davon?«

»Verdammt, es ist nichts weiter als eine Möglichkeit, gutes Geld zu verdienen. Jedenfalls ist es besser als irgendein Bürojob. Ich bin ein ziemlich kluger Kerl, Liebling. Das scheinst du nicht zu wissen. Habe alle meine Examen bestanden. Aber es gibt zu viel Konkurrenz hier in Amerika.«

»Aber was *hast* du davon? Das ist es, was ich wissen möchte.«

»Ich habe dir schon einmal gesagt, vielleicht werde ich eines Tages Captain. Und jetzt wollen wir dieses Thema mal ein bißchen ruhen lassen, okay?«

»Ich wollte ja gar nicht davon sprechen.«

»Nein? Wer denn sonst? Manchmal habe ich das Gefühl, daß wir beide nicht dieselbe Sprache sprechen.«

»Liebling,! Liebling! Glaubst du nicht, daß es Zeit zum Aufstehen ist?«

»Mmmmmm?«

»Es ist zehn Uhr, Liebling.«

»Mmmmm. Noch ziemlich früh.«

»Ich bin hungrig.«

»Ich habe von dir geträumt, Gussie.«

»Wir wollen mit der Elf-Uhr-Fähre nach Hongkong fahren, hast du das vergessen? Du wolltest drüben ein paar Skizzen machen, erinnerst du dich?«

»Mmmmm. Küß mich noch einmal, Liebling.«

»Mmmmmm. Liebling . . .«

KAPITEL 6

Oberwärter Ross war ein hagerer, grauhaariger Mann, der sich in letzter Zeit angewöhnt hatte, die verbliebenen Haare so zu kämmen, daß sie zu beiden Seiten seiner Schirmmütze hervorsahen. Er hatte bereits vor langer Zeit unter Pasztor gearbeitet – lange bevor er morgens Schwierigkeiten hatte, die Treppe hinunterzugehen – tief unterhalb der eisigen Klippen des Ross Eins-Schelfs. Es war jedoch nur Zufall, daß auch er Ross hieß, Ian Edward Tinghe Ross. Er salutierte, als Bruce Ainson auf ihn zutrat.

»Morgen, Ross. Wie sieht es heute aus? Ich habe mich etwas verspätet.«

»Große Konferenz, Sir. Sie haben gerade erst angefangen. Sir Mihaly ist natürlich dabei, und die drei Linguisten: Dr. Bodley Temple und seine beiden Assistenten, und ein Statistiker, ich habe seinen Namen vergessen, aber er ist nicht zu verkennen: kleiner Mann mit vielen Warzen am Hals, und eine Lady – Wissenschaftlerin, nehme ich an – und auch wieder dieser Philosoph aus Oxford, Roger Wittgenbacher, und unser amerikanischer Freund, Lattimore, und der Schriftsteller, Gerald Bone . . . und wer noch . . .?«

»Mein Gott, das sind ja rund ein Dutzend! Was will denn Gerald Bone hier?«

»Er ist ein Freund von Sir Mihaly, soweit ich weiß, Sir. Ich finde, er wirkt wie ein recht netter Mensch. Mein Geschmack in Büchern geht zwar mehr in die ernste Richtung, und ich habe nur wenig Zeit für Romane, aber hin und wieder, wenn ich krank war – besonders als ich im letzten Winter diese Bronchitis hatte, falls Sie sich erinnern – habe ich mich mit ein paar der besseren Romane befaßt, und ich muß sagen, daß mich Mr. Bones *Many Are the Few* stark beeindruckt hat. Also, der Held des Romans erlitt einen Nervenzusammenbruch, und da . . .

»Ich erinnere mich an die Handlung, Ross, vielen Dank. Wie geht es unseren ETAs?«

»Ehrlich gesagt, Sir, ich glaube, sie sterben vor Langeweile, und wer kann ihnen daraus einen Vorwurf machen?«

Als Ainson das Studio betrat, das hinter dem Gehege der ETAs lag, hatte die Konferenz bereits begonnen. Als er die Köpfe zählte, die ihm zunickten, summierte er sie zu vierzehn männlichen und einem weiblichen. Obwohl sie alle unterschiedlich aussahen, gab es doch irgend etwas, das ihnen allen gemeinsam war; vielleicht eine Aura zur Autorität.

Diese Aura war am ausgeprägtesten um Mrs. Warhoon, vielleicht nur deshalb, weil sie stand und mitten in ihrem Referat war, als Ainson eintrat. Mrs. Hilary Warhoon war die Lady, die Oberwärter Ross erwähnt hatte. Obwohl sie erst Mitte vierzig war, hatte sie bereits einen guten Namen in der Kosmoklektik, wie die neue philosophisch-wissenschaftliche Disziplin hieß, die es sich zur Aufgabe gemacht hatte, in dem rasch akkumulierenden Haufen von Tatsachen und Theorien, die den größten Teil der Importe der Menschheit aus dem Raum darstellten, den Weizen von der Spreu zu trennen. Ainson blickte sie wohlwollend an. Wenn man sich vorstellte, daß sie mit einem knochentrockenen Bankier verheiratet war, den sie nicht ertragen konnte ... Sie war eine gut aussehende Frau, elegant genug, um eins dieser neuen Kostüme im Chandelier-Stil mit Anhängern an Brüsten, Hüften und Oberschenkeln tragen zu können; die Attraktivität ihres Gesichts, das gerade sehr ernsthaft war, lag jedoch nicht in seiner Intellektualität; Ainson wußte aber aus Erfahrung, daß sie selbst dem alten Wittgenbacher, Oxfords professionellen Philosophen und technischen Experten, in Diskussionen oft überlegen war. Ainson überraschte sich oft dabei, daß er sie mit seiner Frau verglich, und Enid kam dabei immer ziemlich schlecht weg. Natürlich würde er nicht einmal im Traum daran denken, seine inneren Gefühle vor diesem armen Ding darzulegen, – und auch nicht vor einem anderen Menschen –, doch mußte er zugeben, daß Enid ein recht armseliges Exemplar der Menschheit war; sie hätte einen Ladeninhaber in einer geschäftigen Provinzstadt heiraten sollen. Banbury, Diss. East Dereham. Ja, so etwas ...

»... habe das Gefühl, daß wir in dieser Woche einen gewissen Fortschritt gemacht haben, trotz aller Schwierigkeiten, die sich aus dieser Situation ergeben, von denen die meisten – auf die der Direktor, wie ich glaube, als erster hingewiesen hat – auf die Tatsache zurückzuführen sind, daß wir keinerlei Informationen über die Umwelt dieser Lebensform besitzen, auf die wir zurückgreifen können.« Mrs. Warhoons Stimme war ein angenehmes Stakkato. Sie zerstreute Ainsons Gedanken und konzentrierte sie auf das, was sie sagte; wenn Enid sich mit dem Frühstück etwas mehr beeilt hätte, wäre er rechtzeitig gekommen und hätte ihr Referat von Anfang an hören können. »Mein Kollege, Mr. Borroughs, und ich haben inzwischen das auf Clementina entdeckte Raumfahrzeug untersucht. Wir sind zwar nicht qualifiziert, einen technischen Bericht darüber abzugeben – technische Berichte werden Sie ohnehin aus anderen Quellen bekommen –, sind jedoch beide zu der Überzeugung gelangt, daß es sich um ein Fahrzeug handelt, das *für* die gefangene Lebensform und nicht *von* ihr entwickelt worden ist. Sie werden sich an die Tatsache erinnern, daß acht dieser Lebensformen in der Nähe des Fahrzeugs entdeckt worden sind, und daß die Leiche einer neunten im Fahrzeug selbst ausgegraben wurde; neun Kojen, genauer gesagt; Nischen, deren Form und Größe jedoch beweisen, daß sie als Kojen gedacht waren, sind in dem Fahrzeug zu sehen. Weil diese Kojen in einer Richtung angeordnet sind, die wir als vertikal betrachten, und nicht horizontal, und sie durch etwas voneinander getrennt sind, das wir inzwischen als Treibstoffleitungen identifiziert haben, wurden sie bisher nicht als Kojen erkannt.

Dies ist der gegebene Zeitpunkt, um von einer anderen Schwierigkeit zu sprechen, mit der wir uns immer wieder konfrontiert sehen. Wir wissen nicht, was wir als Indiz oder Beweis werten können, und was nicht.

Zum Beispiel müssen wir uns jetzt, vorausgesetzt, daß wir es als gegeben betrachten, diese Lebensform habe die Raumfahrt entwickelt, die Frage stellen: kann Raumfahrt als ein Beweis *a priori* für eine höhere Intelligenz gewertet werden?«

»Das ist die wichtigste Frage, die innerhalb der letzten Dekade gestellt wurde«, sagte Wittgenbacher und nickte sechsmal mit der beängstigenden Selbstsicherheit einer Aufziehpuppe. »Wenn man sie der Masse stellen würde, wäre nur eine Antwort denkbar, oder vielleicht sollte ich lieber sagen, daß ihre vielen Antworten allein eine Form darstellen würden: nämlich die bejahende. Wir, die wir uns als aufgeklärter betrachten können, und die wir vielleicht die Arbeiten analytischer Philosophen, deren Gedankenfluß unverfälscht von Emotionen bleibt, als einen gültigeren Beweis höherer Intelligenz betrachten. Doch die Massen – und unter uns könnte man ihnen das in letzter Konsequenz verübeln – würden, wenn Sie mir den umgangssprachlichen Ausdruck gestatten, auf ein Produkt setzen, bei dessen Herstellung sowohl die Hände als auch der Geist benutzt wurden. Ich habe keinerlei Zweifel daran, daß in dieser Kategorie von Produkten ein Raumschiff eine hervorragende Stelle einnehmen würde.«

»Ich würde mich Ihnen anschließen«, sagte Lattimore. Er saß neben Pasztor, saugte am Bügel seiner Brille und hörte sehr aufmerksam zu.

»Ich würde Ihnen möglicherweise in Ihrer Argumentation folgen«, sagte Wittgenbacher und begleitete seine Worte wieder mit mechanischem Nicken. »Doch das wirft eine weitere Frage auf. Angenommen wir unterstellen dieser Lebensform trotz aller auf mancherlei Weise unästhetischen und unhygienischen Gewohnheiten eine höhere Intelligenz; angenommen, wir entdekken später ihren Heimatplaneten und stellen dort fest, daß ihre . . . ah . . . ihre Fähigkeiten zur Raumfahrt genau so von instinktiven Verhaltensnormen bestimmt werden wie etwa die navigatorischen Fähigkeiten unserer nördlichen Pelzrobben. Vielleicht korrigieren Sie mich freundlicherweise, falls ich das falsch sehe, Sir Mihaly, doch ich bin überzeugt, daß das *Arctocephalus ursinus,* der Seebär, im Winter einen mehrere tausend Meilen langen Zug von der Behring See bis zu den Küsten Mexikos unternimmt, wo ich diese Tiere selbst beim Schwimmen im Golf von Kalifornien gesehen habe.

Falls wir zu dieser Erkenntnis kommen sollten, müssen wir nicht nur zugeben, uns in bezug auf das Vorhandensein höherer Intelligenz in unseren Freunden geirrt zu haben, sondern wir müssen uns auch folgendes fragen: Ist es nicht möglich, daß auch unsere Raumfahrt lediglich das Ergebnis eines instinktiven Verhaltens ist, und – genau wie die Pelzrobbe sich während ihrer langen Reise vorstellen mag, daß diese auf einer eigenen willentlichen Entscheidung beruht – wir vielleicht auch von einem noch unerkannten Zweck vorangetrieben werden, der außerhalb unseres Wollens liegt?«

Die Reporter im Hintergrund des Raums notierten eifrig und stellten sicher, daß in der nächsten Ausgabe der *Times,* trotz der sorgsam aufgezeichneten *longueurs* der Konferenz deren Höhepunkt mit der Schlagzeile wiedergegeben würde:

RAUMFAHRT – EIN WANDERUNGSTRIEB DES MENSCHEN?

Gerald Bone erhob sich. Das Gesicht des Romanschriftstellers hatte sich bei diesem neuen Gedanken gerötet wie das eines Kindes beim Anblick eines neuen Spielzeugs.

»Habe ich Sie richtig verstanden, Professor Wittgenbacher? Wollten Sie andeuten, daß wir . . . daß unsere so hoch geschätzte Intelligenz, das einzige, was uns ganz klar von den Tieren unterscheidet, in Wirklichkeit nicht mehr sein könnte, als ein blinder Instinkt, der uns in seine eigene Richtung treibt, und nicht in die unsere?«

»Warum nicht? Trotz aller Vorhaben von Fortschritten bei den Künsten und Geisteswissenschaften hat die Menschheit, zumindest seit der Renaissance, vor allem zwei Zielen zugestrebt: der Vermehrung ihrer Zahl und dem Drang nach außen.« Nachdem er einmal die Gebißstange zwischen die Zähne genommen hatte, war der alte Philosoph nicht mehr zu bremsen. »Man könnte unsere Führer mit einer Bienenkönigin vergleichen, die ihren Stock zum Schwärmen vorbereitet und nicht weiß, warum sie es tut. Wir schwärmen in den Weltraum und wissen nicht, warum wir das tun. Irgend etwas treibt uns . . .«

Doch das sollte nicht unwidersprochen bleiben. Lattimore war der erste, der mit einem lauten »Unsinn« dazwischenfuhr, und Dr. Bodley Temple und seine beiden Assistenten gaben unmißverständliche Laute des Widerspruchs von sich. Von allen Seiten wurde der Professor kulturell ausgebuht.

»Unerhörte Theorie . . .«

»Ökonomische Möglichkeiten, die in der . . .«

»Selbst eine rein technische Zuhörerschaft würde kaum . . .«

»Ich denke, die Kolonisierung anderer Planeten . . .«

»Man kann wissenschaftliche Disziplinen doch nicht einfach übersehen . . .«

»Ruhe, bitte!« rief der Direktor.

In der folgenden Stille stellte Gerald Bone Wittgenbacher eine weitere Frage. »Und wo finden wir den wirklichen Intellekt?«

»Vielleicht, wenn wir einmal unseren Göttern über den Weg laufen«, antwortete Wittgenbacher, ganz und gar nicht verstört von der hitzigen Atmosphäre um sich herum.

»Wir kommen jetzt zu dem linguistischen Bericht«, sagte Pasztor scharf, und Dr. Bodley Temple erhob sich, stellte einen Fuß auf seinen Stuhl und stützte den rechten Ellbogen auf das Knie, so daß er in einer eifrig wirkenden Haltung leicht vorgebeugt stand, und er gab diese Pose erst auf, als er mit seinem Bericht zu Ende gekommen war. Er war ein kleiner, untersetzter Mann mit einer grauen, wirren Haarlocke auf der vorderen Partie seines Kopfes und einem aggressiven Gesichtsausdruck. Er stand in dem Ruf, ein guter und ideenreicher Wissenschaftler zu sein, und zerstörte diese Reputation, indem er einige der buntesten, auffallendsten Westen trug, die man jemals in der Universität von London gesehen hatte. Die Weste, die sich jetzt über seinen umfangreichen Bauch spannte, war aus antikem Brokat mit einem Muster von purpurfarbenen Schmetterlingen, die einander zwischen den Knöpfen jagten.

»Sie alle wissen, welche Aufgabe meinem Team gestellt worden ist«, sagte er. »Wir sollen die Sprache der Aliens lernen, ohne zu wissen, ob sie überhaupt eine besitzen, weil das der einzige Weg ist, um das festzustellen. Wir haben einige Fortschritte machen können, wie mein Kollege Wilfred Brebner gleich demonstrieren wird. Doch zuvor möchte ich ein paar generelle Feststellungen treffen. Unsere Besucher, diese fetten Burschen von Clementina, wissen nicht, was eine Schrift ist. Sie besitzen keine. Das sagt aber nichts über ihre Sprache aus – viele afrikanische Negersprachen sind erst durch weiße Missionare schriftlich fixiert worden. Efik und Yoruba waren zwei von diesen Sprachen der sudanesischen Sprachgruppe; heute fast kaum noch benutzt, würde ich sagen.

Ich möchte Ihnen folgendes sagen, meine Freunde, ich werde diese Aliens als zwei Afrikaner betrachten, bis mir etwas Besseres einfällt. Vielleicht führt uns das zu einem Resultat. Auf jeden Fall ist es positiver, als sie als Tiere zu behandeln – Sie werden sich vielleicht erinnern, daß die ersten weißen Afrikaforscher die Neger für Gorillas gehalten haben –, und es stellt sicher, daß wir, sollten wir schließlich das Vorhandensein einer Sprache feststellen, nicht in den Fehler verfallen, in ihr nach etwas wie einem romantischen Grundmuster, einer Art gemeinsamer Ursprache, zu suchen.

Ich bin sicher, daß unsere fetten Freunde eine Sprache besitzen – und die Gentlemen von der Presse können diese Behauptung gerne zitieren, wenn sie wollen. Man braucht nur zuzuhören, wie sie einander angrunzen und anpfeifen. Und das sind nicht die einzigen Laute! Wir haben es aufgenommen und bei der Analyse der Bandaufzeichnungen fünfhundert verschiedene Laute identifiziert. Es kann natürlich sein, daß viele von ihnen gleich sind, nur in einer anderen Tonlage. Sie werden wissen, daß es auch auf der Erde solche Sprachsysteme gibt, wie ... ah ... das Siamesische und das Kantonesische, in denen verschiedene Tonlagen verwendet werden. Bei diesen Burschen, deren Stimmumfang offensichtlich das ganze Tonspektrum umfaßt, kann man noch erheblich mehr Tonlagen erwarten.

Das menschliche Ohr ist taub für Vibrationen, die etwa 24000 pro Sekunde überschreiten. Wir haben festgestellt, daß diese Burschen auch die doppelte Frequenz noch hören können, wie eine irdische Fledermaus oder eine rungstedianische Katze. Ein Problem besteht also darin, daß wir sie im Fall einer Konversation dazu bringen müssen, innerhalb unseres Frequenzbereichs zu bleiben. Es wäre durchaus denkbar, daß sie aus diesem Grund eine Art Pidgin-Sprache erfinden müßten, die wir verstehen könnten.«

»Ich protestiere«, rief der Statistiker, der sich bis dahin nicht gerührt hatte und nur mit der Zunge über seine Lippen gefahren war. »Jetzt stellen Sie die Behauptung auf, daß wir ihnen unterlegen sind.«

»Davon war überhaupt nicht die Rede. Ich habe lediglich festgestellt, daß die Bandbreite ihres Gehörs erheblich größer ist als die unsere. Und jetzt wird Mr. Brebner uns ein paar der Phoneme demonstrieren, die wir provisorisch identifiziert haben.«

Mr. Brebner erhob sich und stand leicht schwankend neben der untersetzten Gestalt Bodley Temples. Er war Mitte zwanzig, schlank, hatte fahlblondes Haar und trug einen hellgrauen Anzug. Sein Gesicht war vor Verlegenheit gerötet, als er seinen Zuhörern gegenüberstand, doch er sprach sicher und kompetent.

»Die Obduktion der Aliens hat uns eine ganze Menge über ihre Anatomie erzählt«, sagte er. »Wenn Sie die ziemlich ausführlichen Berichte gelesen haben, werden Sie wissen, daß unsere Freunde drei sehr unterschiedliche Arten von Körperöffnungen besitzen, durch die sie ihre charakteristischen Laute produzieren. All diese Laute scheinen Bestandteil ihrer Sprache zu sein, jedenfalls nehmen wir das an, so wie wir annehmen, daß sie eine Sprache besitzen.

Erstens haben sie in einem ihrer beiden Köpfe einen Mund, der mit einem Geruchsorgan verbunden ist. Obwohl diese Mundöffnung zum Atmen gebraucht wird, ist seine Hauptfunktion Nahrungsaufnahme und die Produktion von Tönen, die wir als Oral-Laute bezeichnet haben.

Zweitens haben unsere Freunde sechs Atemöffnungen, drei auf jeder Körperseite oberhalb ihrer sechs Glieder. Bis auf weiteres bezeichnen wir diese Öffnungen als ›Nüstern‹. Es sind labitale Öffnungen, und obwohl sie keine Art von Stimmbändern aufweisen – genau wie der Mund – produzieren diese Nüstern eine ganze Reihe unterschiedlicher Laute.

Drittens produzieren unsere Freunde auch ein breites Spektrum von Lauten mit ihrem Rektum, das sich in ihrem zweiten Kopf befindet.

Ihre Sprachform besteht aus Lauten, die aus all diesen Körperöffnungen dringen, entweder einzeln, oder aus zwei beliebigen Öffnungen gleichzeitig, oder aus je drei der verschiedenen Öffnungen gleichzeitig, oder aus allen acht Öffnungen gleichzeitig. Sie werden sehen, daß die wenigen Laute, die ich Ihnen gleich als Beispiel demonstrieren werde, auf die weniger komplexen beschränkt wurden. Bandaufzeichnungen des ganzen tonalen

Spektrums sind natürlich vorhanden, in ihrer jetzigen Form jedoch nicht ganz einfach auszuwerten.

Das erste Wort lautet *nnnnorrr-INK.*«

Um das Wort aussprechen zu können, setzte Wilfred Brebner mit einem leichten Schnarchlaut an, den er mit einem kleinen Quietschen, hier als ›INK‹ dargestellt, abschloß. (Alle gedruckten Darstellungen der Sprache der Aliens, die in diesem Buch verwendet werden, sollen genauso als reine Annäherungen verstanden werden.)

Brebner setzte seine Erklärungen fort.

»*Nnnnorrr-INK* ist ein Wort, das wir mehrere Male und in unterschiedlichem Kontext erhalten haben. Dr. Bodley Temple hat es zum erstenmal am vergangenen Samstag aufgenommen, als er unseren Freunden einen frischen Kohlkopf brachte. Wir haben es ein zweitesmal am Sonntag registriert, als ich ein Paket Kauplastik aus der Tasche zog und Dr. Temple und Mike ein Stück davon anbot. Dann haben wir es eine Weile nicht gehört, erst wieder am Dienstagnachmittag, da wurde es in einer Situation gesprochen, als nichts Eßbares vorhanden war. Oberwärter Ross betrat das Gehege, um zu sehen, ob wir irgend etwas brauchten, und beide Kreaturen stießen gleichzeitig diesen Laut aus. Bei dieser Gelegenheit gelangten wir zu der Vermutung, daß das Wort einen negativen Zusammenhang bedeuten könnte, da sie den Kohl zurückwiesen und wir ihnen kein Stück von dem Kauplastik angeboten hatten – das sie sicher auch unter dem Begriff ›Nahrung‹ eingeordnet hatten – und mochte ein Ausdruck des Widerwillens gegenüber Ross sein, der sie stört, wenn er ihren Käfig reinigt. Gestern jedoch, als Ross ihnen einen Eimer frischen Flußschlamm brachte, den sie mögen, zeichneten wir wieder das Wort *nnnnorrr-INK* auf, sogar mehrmals innerhalb von fünf Minuten. Also nehmen wir bis auf weiteres an, daß es in Bezug zu irgendeiner menschlichen Tätigkeit steht; anscheinend bedeutet es, wie wir jetzt glauben, daß etwas gebracht wird. Seine Bedeutung wird im Lauf der Zeit sehr viel genauer festgelegt werden. An diesem Beispiel können Sie den langwierigen Eliminierungsprozeß erkennen, den wir bei jedem Laut durchführen müssen.

Der Eimer mit Flußschlamm löste noch ein weiteres Wort aus, das wir erkennen können. Dieses Wort klingt etwa wie *WHIP-bwutbwip* (ein kleiner Pfeifton, gefolgt von zwei Labialen). Wir haben es auch gehört, wenn Grapefruit akzeptiert wurde, oder Haferbrei mit zerschnittenen Bananen – ein Gericht, bei dem sie einigen Enthusiasmus zeigen, und wenn Mike und ich am Abend gehen. Wir betrachten es deshalb als einen Laut der Zustimmung.

Wir glauben auch einen Laut der Ablehnung festgestellt zu haben, obwohl wir ihn erst zweimal gehört haben. Einmal wurde er von einer Geste der Ablehnung begleitet, als einer der jungen Wärter einem unserer Freunde mit dem Wasserstrahl direkt auf die Schnauze traf. Bei der zweiten Gelegenheit hatten wir ihnen Fisch angeboten, teilweise gekocht, teilweise roh. Sie scheinen Vegetarier zu sein. Der Laut war . . .« Brebner blickte entschuldigend zu Mrs. Warhoon hinüber, als er mit dem Mund eine Reihe feuchter Furzgeräusche hervorbrachte, die in einem lauten Stöhnen endeten.

»Bbbb-bbbb-bbbb-bbbb-aaaah.«

»Das klingt in der Tat wie Mißbilligung«, sagte Temple.

Bevor sich das leichte, amüsierte Lachen gelegt hatte, sagte einer der Reporter: »Dr. Temple, ist das alles, was Sie an Resultaten zu bieten haben?

»Sie haben einen kurzen Überblick über das bekommen, was wir tun.«

»Aber Sie scheinen noch nicht ein einziges Wort sicher festgelegt zu haben. Warum haben Sie die Sache nicht so in Angriff genommen, wie es jeder Laie getan hätte, zum Beispiel, sie zum Zählen gebracht, sie die verschiedenen Teile ihres Körpes benennen lassen, und des Ihren? Dann hätten Sie doch zumindest einen Anfang gemacht und nicht nur ein paar Abstrakta vorweisen können, wie ›anscheinend etwas bringen‹.«

Temple blickte zu den purpurfarbenen Schmetterlingen auf seiner Weste hinab, kaute eine Weile auf seiner Unterlippe und sagte dann: »Junger Mann, ein Laie mag sicher annehmen, daß das die ersten logischen Schritte sein könnten. Doch ich antwortete dem Laien – und Ihnen – darauf, daß so ein Katalog nur möglich ist, wenn das Alien zu einem Gespräch bereit ist. Diese beiden Scheißer jedoch – ich bitte um Verzeihung, Madam – diese beiden Kerle haben nicht das geringste Interesse, mit uns zu sprechen.«

»Warum lassen Sie die Arbeit dann nicht von einem Computer durchführen?«

»Ihre Fragen werden immer alberner. Bei einer Sache wie dieser braucht man gesunden Menschenverstand. Was könnte da ein Computer erreichen? Er kann nicht denken, und er kann auch nicht zwischen zwei fast identischen Phonemen differenzieren. Alles, was wir brauchen, ist Zeit. Weder Sie noch Ihre hypothetischen Laien können sich eine Vorstellung von den Schwierigkeiten machen, denen wir uns gegenübersehen, vor allem, weil wir in Begriffen und Tatsachen denken müssen, mit denen der Mensch bis jetzt noch nichts zu tun hatte. Stellen Sie sich doch einmal diese Frage: Was *ist* Sprache? Die Antwort lautet: menschliche Laute. Deshalb betreiben wir nicht nur Forschung, wir erfinden etwas völlig Neues: nicht-menschliche Laute.«

Der Reporter nickte finster, Dr. Temple atmete tief durch und setzte sich, und Lattimer stand auf. Er schob die Brille auf die Nasenspitze und verschränkte die Hände hinter seinem Rücken.

»Wie Sie wissen, Doktor, bin ich neu in diesem Kreis, also werden Sie mir hoffentlich glauben, daß meine Fragen offen und ehrlich gemeint sind. Meine Einstellung ist diese: Ich bin Skeptiker. Mir ist bewußt, daß wir erst dreihundert Planeten des Universums überprüft haben, und daß wir noch eine gute Million vor uns haben, doch bin ich der Ansicht, daß dreihundert eine recht gute Musterkollektion darstellen. Auf keinem von ihnen haben wir eine Lebensform entdecken können, die auch nur halb so intelligent ist wie meine Siamkatze. Das führt zu der Vermutung, daß der Mensch im Universum einmalig ist.«

»Das sollten Sie aber – wenn Sie sich schon als Skeptiker bezeichnen – auch nicht stärker formulieren, denn als eine Vermutung«, sagte Temple.

»Habe ich auch nicht vor. Also, ich gebe keinen alten Hut dafür, wenn es im ganzen Universum keine andere intelligente Lebensform gibt: der Mensch ist immer allein gewesen, also wird er sich deshalb keine grauen Haare wachsen lassen. Sollte jedoch irgendwo eine intelligente, dem Menschen ähnliche Kreatur entdeckt werden, sind wir bereit, sie mit offenen Armen zu empfangen – vorausgesetzt, daß sie sich benimmt.

Was mir aufstößt, ist, daß jemand zwei übergroße Schweine mitbringt, die sich auf eine Weise in ihrem eigenen Dreck suhlen, wie es kein irdisches Schwein tun würde, wenn es die Wahl hat, und dann darauf besteht, wir sollen beweisen, daß sie intelligente Wesen sind! Das ist doch verrückt! Sie haben eben selbst gesagt, daß diese Schweine keinerlei Interesse zeigen, mit uns in Kommunikation zu treten. Na also. Ist das nicht ein Beweis dafür, daß sie keinerlei Intelligenz besitzen? Wer von den hier Anwesenden könnte in aller Ehrlichkeit behaupten, daß er diese Schweine gern in seinem Haus haben würde?«

Ein Aufruhr brach los. Alle begannen erregt zu diskutieren, nicht nur mit Lattimore, sondern auch untereinander. Schließlich war es Mrs. Warhoons Stimme, die den Lärm durchdrang.

»Ich habe großes Verständnis für Ihre Lage, Mr. Lattimore, und ich bin glücklich, daß Sie sich bereit erklärt haben, unserer Konferenz beizuwohnen. Doch die kurze Antwort auf Ihre Feststellungen ist diese: da das Leben aus einer Unzahl verschiedenster Formen besteht, sollten wir davon ausgehen, daß auch Intelligenz voneinander abweichende Formen annimmt. Wir können uns eine andersartige Form von Intelligenz nicht vorstellen. Wir wissen nur, daß es die Grenzen unseres Denkens und Verstehens auf eine Weise ausweiten würde, wie es nichts anderes könnte. Wenn wir also glauben, eine solche Intelligenz gefunden zu haben, müssen wir ganz sichergehen, selbst wenn diese Arbeit Jahre dauern sollte.«

»Das ist Teil meines Arguments, Madam«, sagte Lattimore. »Wenn Intelligenz vorhanden wäre, würden wir nicht Jahre brauchen, um sie zu entdecken. Wir würden sie sofort erkennen, selbst wenn sie als – als Rüben verkleidet zu uns käme.«

»Welche Erklärung haben Sie für das Raumschiff auf Clementina?« fragte Gerald Bone.

»Ich brauche keine Erklärung dafür! Sollen die dicken Scheißer doch eine geben. Wenn sie es tatsächlich gebaut haben sollten, warum machen sie keine Zeichnungen davon, wenn man ihnen Bleistift und Papier gibt?«

»Wenn sie damit gereist sind, besagt das noch längst nicht, daß sie es auch konstruiert haben.«

»Können Sie sich den dümmsten Matrosen auf einem irdischen Schiff vorstellen, der von Aliens in den Raum katapultiert wird und dann nicht in der Lage ist, ein Bild von seinem Schiff zu malen, wenn man ihm einen Bleistift und Papier gibt?«

»Und ihre Sprache?« fragte Brebner. »Wie erklären Sie sich die?«

»Ich habe Ihre Imitation tierischer Geräusche sehr genossen, Mr. Brebner«, sagte Lattimore amüsiert. »Aber, ehrlich gesagt, ich kann mit meiner Katze flüssiger sprechen, als Sie mit diesen beiden Schweinen.«

Ainson ergriff zum erstenmal das Wort. Er sprach sehr scharf, verärgert darüber, daß ein Außenseiter seine Entdeckung so herabsetzte.

»Das mag alles schön und gut sein, Mr. Lattimore, aber Sie kommen zu voreiligen und unbedachten Schlüssen. Wir wissen, daß die ETAs gewisse Gewohnheiten besitzen, die nach unseren Maßstäben unangenehm sind. Aber unter sich verhalten sie sich nicht wie Tiere; sie leisten einander Gesellschaft, sie unterhalten sich miteinander. Und das Raumschiff ist nun einmal da.«

»Das Raumschiff mag da sein, ja. Aber wo ist die Verbindung zwischen ihm und den Schweinen? Wir wissen es nicht. Vielleicht sind sie nur Schlachttiere, die von den wirklichen Raumfahrern zu ihrer Versorgung mitgenommen worden sind. Ich weiß es nicht; aber Sie wissen es auch nicht, und Sie gehen der auf der Hand liegenden Erklärung sorgsam aus dem Weg. Ehrlich gesagt, wenn ich das Unternehmen geleitet hätte, würde ich dem Captain der *Mariestopes,* und noch mehr seinem Meister-Forscher, eine ernsthafte Verwarnung erteilen, weil sie eine so oberflächliche Untersuchung vor Ort durchgeführt haben.«

Nach diesen Worten breitete sich eine düstere, bedrückende Stimmung im Raum aus. Nur die Reporter machten etwas glücklichere Gesichter. Sir Mihaly beugte sich vor und erklärte Lattimore, wer Ainson sei. Lattimores Gesicht wurde ziemlich lang.

»Mr. Ainson, ich bitte Sie um Entschuldigung, daß ich Sie nicht erkannt habe. Wenn Sie vor Beginn der Konferenz eingetroffen wären, hätte man uns miteinander bekannt gemacht.«

»Unglücklicherweise hat meine Frau heute morgen . . .«

»Aber ich bleibe absolut bei dem, was ich gesagt habe. Der Bericht über die Geschehnisse auf Clementina ist pathetisch in seiner amateurhaften Form. Ihr festgelegter Zeitraum von einer Woche für die Erforschung des Planeten war so gut wie abgelaufen, als Sie diese Tiere neben dem Raumschiff entdeckten, und anstatt von Ihrem Zeitplan abzuweichen, haben Sie einfach die meisten von ihnen abgeschossen, ein paar Techni-Aufnahmen der Szene gemacht und sind gestartet. Dieses Raumschiff könnte, so viel Sie wissen, eine Art Viehwagen sein, den die Schweine gerade verlassen hatten, um sich zu suhlen, während nur zwei Meilen entfernt, in einem anderen Tal, das wirkliche Raumschiff stand, mit Zweibeinern wie wir, Menschen – wie es Mrs. Waarhoon ausdrückte –, mit denen wir für unser Leben gern in Verbindung getreten wären; und umgekehrt, dessen können Sie gewiß sein. Nein, es tut mir leid, Mr. Ainson, aber Ihre Leute hier haben jetzt mehr Schwierigkeiten, als sie zugeben mögen, allein wegen Ihrer schlechten Vorarbeit vor Ort.«

Ainsons Gesicht war sehr rot geworden. Irgend etwas Entsetzliches war in diesem Raum geschehen. Die Stimmung hatte sich gegen ihn gekehrt. Jeder – er wußte es, ohne sie anzusehen – jeder sah ihn an und zollte Lattimores Worten schweigend Beifall.

»Jeder Idiot ist hinterher schlauer«, sagte er. »Sie scheinen nicht zu begreifen, daß es keine Präzedenz für so etwas gab; daß wir vor einer völlig neuen Situation standen und . . .«

»Ich begreife, daß Sie vor einer völlig neuen Situation standen. Das habe ich ja eben gesagt. Und eben deshalb hätten Sie gründlicher arbeiten müssen. Glauben Sie mir, Mr. Ainson, ich habe Fotokopien der Berichte über diese Expedition gelesen, und ich habe die Aufnahmen, die dabei gemacht wurden, genau überprüft, und ich habe dabei immer mehr den Eindruck gewonnen, daß das ganze Unternehmen eher wie eine Großwildjagd durchgeführt wurde, und nicht wie eine offizielle Expedition, die mit Steuergeldern finanziert worden ist.«

»Ich war für das Erschießen der sechs ETAs nicht verantwortlich. Eine Patrouille ist auf sie gestoßen, als sie spät in der Nacht zum Schiff zurückkehrte. Die Männer wollten die Aliens überprüfen, wurden von ihnen angegriffen und haben sie in Notwehr erschossen. Sie sollten die Berichte vielleicht noch einmal lesen.«

»Die Schweine wirken alles andere als gefährlich. Ich glaube nicht, daß sie die Patrouille angegriffen haben. Ich glaube, daß sie weglaufen wollten.«

Ainson sah sich nach Hilfe um.

»Bitte, Mrs. Warhoon, ist es gerechtfertigt, allein durch einen Blick auf den apathischen Zustand dieser Aliens in der Gefangenschaft auf ihr Verhalten in der Freiheit zu schließen?«

Mrs. Warhoon hatte vom ersten Moment an Bewunderung für Lattimore empfunden; sie mochte starke Männer.

»Welche anderen Möglichkeiten haben wir denn, um auf ihr Verhalten zu schließen?« fragte sie.

»Sie haben meine Berichte. Darin befindet sich eine genaue Schilderung der Vorgänge.«

Lattimore ging wieder zum Angriff über.

»In den Berichten steht, was der Patrouillenführer Ihnen erzählt hat. Ist das ein zuverlässiger Mann?«

»Zuverlässig? O ja, zuverlässig ist er. Dieses Land befindet sich im Krieg, Mr. Lattimer, und wir können uns die Männer nicht immer aussuchen.«

»Verstehe. Und wie heißt dieser Mann?«

Ja, wie heißt er? Jung, kräftig, finster. Kein schlechter Kerl. Horton? Halter? In einer ruhigeren Atmosphäre würde er sich sofort an den Namen erinnern. Mit mühsam beherrschter Stimme sagte Ainson: »Sie finden den Namen in meinem Bericht.«

»Okay, okay, Mr. Ainson. Offensichtlich haben Sie auf alles eine Antwort. Ich will mit alledem nur sagen, daß Sie eine Menge mehr Antworten hätten zurückbringen sollen. Sie sollten begreifen, daß Sie hier eine Art Schlüsselfigur sind. Sie sind der Meister-Forscher. Sie sind dafür ausgebildet, eben mit einer Situation wie dieser fertigzuwerden. Ich möchte sagen, daß Sie es uns allen viel schwerer gemacht haben, weil Sie unzureichende und widersprüchliche Informationen zurückgebracht haben.«

Lattimore setzte sich und ließ Ainson stehen.

»Es ist die Art aller Angaben und Informationen, widersprüchlich zu sein«, sagte Ainson. »Ihre Aufgabe ist es, sie zu ordnen und auszuwerten, nicht, sie zurückzuweisen. Man kann niemand einen Vorwurf machen. Wenn Sie irgendwelche Beschwerden vorzubringen haben, dann wenden Sie sich bitte an Captain Bargerone. Er hatte die Leitung des Unternehmens, nicht ich. Oh, und jetzt erinnere ich mich wieder an den Namen des Mannes, der die Patrouille geführt hat. Er heißt Quilter.«

Gerald Bone sprach, ohne sich zu erheben. »Wie Sie wissen, Mr. Ainson, bin ich Romanschriftsteller. Vielleicht sollte ich in dieser Runde sagen, ›nur Romanschriftsteller‹. Doch ein Punkt bei Ihrem Anteil an dieser Sache bedrückt mich.

Mr. Lattimore hat gesagt, Sie hätten mehr Antworten von Clementina mitbringen sollen, als Sie es getan haben. Aber wie das auch immer sein mag, ich habe den Eindruck, daß Sie lediglich mit einigen Vermutungen und Hypothesen zurückgekehrt sind, welche, da Sie von Ihnen kamen, von allen Anwesenden ohne jede Überprüfung als Tatsachen akzeptiert worden sind.«

Ainsons Mund war trocken, als er auf das wartete, was kommen würde. Wieder wurde er sich bewußt, daß jeder der Menschen in diesem Raum mit einer Art raubtierhaften Gier zuhörte.

»Wir wissen, daß diese ETAs am Ufer eines Flusses auf Clementina gefunden wurden. Jeder hier scheint zu akzeptieren, daß sie keine Eingeborenen jenes Planeten sind. Soweit ich es überblicken kann, stammt diese Feststellung von Ihnen. Ist das richtig?«

Diese Frage war eine Erleichterung. Sie konnte Ainson beantworten.

»Diese Feststellung stammt von mir, Mr. Bone, doch würde ich sie als Erkenntnis bezeichnen, und nicht als bloße Hypothese. Ich kann sie leicht erklären, selbst einem Laien. Diese ETAs gehören zu dem Schiff, dessen können Sie ganz sicher sein. Alle Bordwände waren mit ihren Exkrementen verklebt – eine Menge, die sich im Lauf von mindestens dreißig Tagen angesammelt hat, würde ich sagen. Als zusätzlicher Beweis ist das Schiff zweifellos nach ihrem Vorbild konstruiert worden.«

»Die *Mariestopes,* könnten Sie genau so gut sagen, ist nach der äußeren Gestalt eines Delphins entworfen worden. Das läßt jedoch keinerlei Schlüsse auf die Gestalt der Ingenieure zu, die sie konstruiert haben.«

»Bitte, erweisen Sie mir die Höflichkeit, mich bis zum Ende anzuhören. Wir haben keinerlei anderes höheres Leben auf 12B, jetzt Clementina genannt, entdecken können. Das größte Tier, das wir gefunden haben, war eine zwei Zoll lange, schwanzlose Eidechse, das größte Insekt eine Art Biene. Im Lauf einer Woche kann man einen Planeten mittels rund um die Uhr durchgeführter orbitaler Überwachung recht gründlich erforschen. Wir haben entdeckt, daß Clementina, abgesehen von den Fischen im Meer, keinerlei tierisches Leben aufweist, über das es sich zu berichten lohnte – mit Ausnahme dieser riesigen Kreaturen. Und sie lagen in einer geschlossenen Gruppe bei dem Raumschiff. Es wäre doch offensichtlich absurd, wenn man annehmen wollte, daß sie dort heimisch gewesen wären.«

»Sie haben sie am Ufer eines Flusses entdeckt. Also können sie doch auch Wassertiere sein, möglicherweise von einer Art, die den größten Teil ihres Lebens im Meer verbringt?«

Ainson öffnete den Mund, und schloß ihn wieder. »Sir Mihaly«, sagte er schließlich, »diese Diskussion führt natürlich zu Fragen, die ein Laie kaum . . . Ich meine, ich sehe keinen Sinn darin . . .«

»Sehr richtig«, stimmte Pasztor ihm zu. »Trotzdem glaube ich, daß Gerald einen interessanten Punkt angeschnitten hat. Glauben Sie, daß man die Möglichkeit, es handelte sich bei ihnen um Wassertiere, mit Sicherheit ausschließen kann?«

»Wie ich gesagt habe, kommen sie aus dem Raumschiff. Daran gibt es nicht den geringsten Zweifel, darauf haben Sie mein Wort, und ich bin schließlich der Mann, der an Ort und Stelle gewesen ist.«

Während er sprach, blickte Ainson die anderen der Reihe nach herausfordernd an; als sein Blick sich mit dem Lattimores traf, sagte der: »Ich würde sagen, daß sie die Körperform von Meerestieren haben – aber das ist natürlich nur die Feststellung eines Laien.«

»Vielleicht sind sie auf ihrem Heimatplaneten Wasserbewohner, doch das hat keinerlei Bedeutung für das, was sie auf Clementina getan haben«, sagte Ainson. »Was immer Sie einwenden mögen, ihr Raumschiff ist ein Raumschiff, und aus diesem Grund haben wir eine intelligente Lebensform vor uns.«

Mihaly kam ihm zur Hilfe, indem er dem nächsten Referenten das Wort erteilte, doch es war allen klar, daß Meister-Forscher Ainson kein Vertrauensvotum erhalten hatte.

KAPITEL 7

Die Sonne ging, wie es nun einmal ihre Gewohnheit war, am Abend zu Bett. Zur gleichen Zeit zog Sir Mihaly Pasztor seinen Smoking an und traf sich mit den Gästen, die er zum Dinner in seine Wohnung geladen hatte.

Dies war einen Monat nach der so unglücklich verlaufenen Konferenz im Zoo, wo Bruce Ainson eine intellektuelle Ohrfeige erhalten hatte.

Man konnte nicht behaupten, daß sich die Situation seitdem gebessert hätte. Dr. Bodley Temple hatte eine beeindruckende Kollektion von Phonemen der Aliens zusammentragen können, jedoch für keines von ihnen ein sichergestelltes englisches Äquivalent nennen können. Lattimore hatte seine während der Konferenz geäußerten Ansichten durch eine Veröffentlichung ausführlich dargestellt. Gerald Bone hatte – Pasztor nannte es Verrat – eine scharfzüngige, kleine Parodie des Treffens im *Punch* veröffentlicht.

Doch das waren nur kleine Nadelstiche. Tatsache blieb, daß keinerlei Fortschritte erzielt worden waren. Und das lag hauptsächlich daran, daß die Aliens, die in ihrer hygienischen Zelle gefangengehalten wurden, keinerlei Interesse für die Menschen bekundeten, oder auch nur die geringste Bereitschaft, auf irgendeinen der Tricks einzugehen, die diese sich ausdachten, um in ihnen den Wunsch nach Kommunikation zu wecken. Diese Verweigerung jeder Kooperation wirkte sich natürlich auf das Forschungsteam aus, das versuchte, mit ihnen zu arbeiten; die zunehmende Verstimmung dieser Männer wurde immer häufiger von Selbstmitleid überlagert, als ob sie, wie ein kommunistischer Millionär, gezwungen wären, ihre Lage sehr behutsam zu schildern.

Die Öffentlichkeit reagierte ebenfalls negativ auf die ablehnende Haltung der Aliens. Der intelligente Mann auf der Straße hätte einen intelligenten Alien, ganz egal, wie er aussehen mochte, als eine willkommene Ablenkung von Fußballspielen, den schlechten Nachrichten von Charon, wo Brasilien den Krieg zu gewinnen drohte, oder den ständig steigenden Steuern, einer natürlichen Begleiterscheinung von Krieg und TP-Reisen akzeptiert. Doch allmählich wurden die Schlangen der Besucher, die sich anfangs an jedem Nachmittag vor dem Käfig gebildet hatten, immer kürzer (schließlich bewegten sie sich nicht viel, und sie sahen nicht viel anders aus als irdische Flußpferde, und es war verboten, ihnen Nüsse zuzuwerfen, da es immerhin sein konnte, daß sie bei sich zu Hause in Wolkenkratzern lebten), und so kehrten die Menschen zu ihren liebgewordenen Gewohnheiten zurück und sahen sich die vorehelichen Bräuche von Pinfold III an, wo zu jeder vollen Stunde ein Rudelbumsen geboten wurde.

Pasztors Gedanken waren zufällig auch bei diesem Thema, als er Mrs. Hilary Warhoon in sein bescheidenes Eßzimmer führte; oder wenn er nicht daran dachte, so erinnerte er sich mit einem leisen Lächeln über seine Schwächen an die Vorstellungen, denen er sich eine halbe Stunde vor Mrs. Warhoons Ankunft hingegeben hatte. Aber nein, sie war nicht verführerisch genug, und sie galt als zu stark und zu ironisch, und außerdem war Sir Mihaly nicht mehr jung und unternehmungslustig genug, um so eine Affäre durchhalten zu können.

Sie setzte sich an den Tisch und seufzte.

»Es ist wunderbar, sich mal entspannen zu können. Ich habe einen entsetzlichen Tag hinter mir.«

»Viel Arbeit?«

»Ich habe gearbeitet, ja, aber nichts geschafft. Ich finde es sehr bedrückend, ein Versager zu sein.«

»Sie, Hilary? Sie sind doch alles andere als ein Versager.«

»Ich meinte das weniger persönlich, sondern mehr in einem allgemeinen oder rassischen Sinn. Soll ich Ihnen darüber berichten? Mir würde es gut tun, davon zu sprechen.«

Er hob die Hände in humorvollem Protest.

»Meine Vorstellung von Zivilisation besteht darin, ein detailliertes Gespräch nicht zu unterdrücken, sondern zu fördern. Außerdem bin ich immer daran interessiert gewesen, was Sie zu sagen haben.«

Vor ihm standen drei kugelförmige Tischöfen. Als sie zu sprechen begann, zog er die Kühlschubladen rechts von sich auf und schob ihren Inhalt in die Öfen: Fera de Travers, den Lachs des Genfer Sees, als Vorspeise, als Hauptgericht Antilopensteak, das am Vormittag von den Farmen Kenias eingeflogen worden war, dazu, um einen exotischen Touch zu geben, Fingerlippen, den venusischen Spargel.

»Wenn ich feststelle, daß ich von einem allgemeinen Versagen deprimiert bin«, erklärte Mrs. Warhoon und nahm einen Schluck von dem trockenen Sherry, »bin ich mir völlig klar darüber, wie arrogant das klingt. ›Wer bin ich denn unter so vielen?‹ wie Shaw es einmal in einem anderen Zusammenhang sagte. Es ist das alte Problem der Definitionen, mit dem diese Aliens uns auf eine dramatisch neue Art konfrontiert haben. Vielleicht wird es uns nie gelingen, mit ihnen in ein Gespräch zu kommen, bevor wir nicht selbst entschieden haben, was Zivilisation überhaupt bedeutet. Heben Sie nicht so kritisch Ihre Braue, Mihaly; ich weiß selbst, daß Zivilisation nicht darin besteht, faul in seinen eigenen Exkrementen herumzuliegen – obwohl irgendein Guru uns vielleicht erklären würde, daß dem so sei.

Wenn du irgendeine Qualität herausnimmst, nach der wir Zivilisation bewerten, wirst du feststellen, daß sie einigen Kulturen fehlt. Nimm doch nur die ganze Frage des Verbrechens. Über ein Jahrhundert lang haben wir Verbrechen für ein Symptom von Krankheit oder Unglück gehalten; erst seit etwa einem Jahrhundert wissen wir, daß Verbrechen ein Symptom für Krankheit oder Unglück *ist*. Sobald wir das nicht nur theoretisch, sondern auch in der Praxis erkannt hatten, ist die Verbrechensstatistik zum erstenmal dramatisch gesunken. Doch während vieler Perioden der Hochzivilisation galt es als völlig normal, Menschen einzukerkern, und Köpfe rollten wie Äpfel. Natürlich sind Güte und Verständnis oder Gnade noch kein Zeichen von Zivilisation, genauso wenig wie Kriege und Morde ihr Fehlen beweisen.

Und was die Kunst angeht, auf die wir zu recht stolz sind, so ist sie in all ihren Formen bereits von vorgeschichtlichen Menschen praktiziert worden.«

»Dieses Argument ist mir bereits aus meiner Studienzeit bekannt«, sagte Sir Mihaly, während er den Lachs servierte. »Trotzdem aber kochen wir unsere Speisen und essen sie mit kunstvoll gefertigten Bestecken nach festgelegten Regeln.« Er schenkte Wein ein. »Trotzdem wählen wir die besten Weine gemäß unseren Erfahrungen und unseren Vorurteilen aus.« Er reichte ihr einen Korb mit warmen, frischen Brötchen. »Trotzdem sitzen wir hier zusammen, ein Mann und eine Frau, und reden nur miteinander.«

»Ich will nicht abstreiten, Mihaly, daß Sie ein ausgezeichneter Gastgeber sind und daß Sie es sich bisher versagt haben, über mich herzufallen, doch dieses Dinner – und das soll wirklich kein Vorwurf sein – ist in dieser Zeit ein Anachronismus, der von der Regierung sehr mißbilligt wird, seit sie die neuen, giftfreien, künstlichen Nahrungsmittel und Getränke fördert. Außerdem ist dieses wunderbare Dinner das Endprodukt mehrerer Faktoren, die sich kaum mit wirklicher Zivilisation vereinbaren lassen. Ich meine: Fischer, die in ihren Booten hocken; Bauern, die schwitzend auf ihren Weiden arbeiten; der Haken im Maul, der Bolzenschuß in den Kopf, die Organisationen der noch unzivilisierteren Zwischenhändler, die zubereiten, oder eindosen oder verpacken, die Transportfirmen, die Finanziers ... Mihaly, Sie lachen über mich!«

»Sie sprechen über all diese Organisationen mit so offener Mißachtung. Mir gefallen sie. *Vive l'organisation!* Und lassen Sie sich daran erinnern, daß die neuen Fabriken für synthetische Nahrungsmittel Triumphe der Organisation sind. Wie Sie eben sagten, haben sie im letzten Jahrhundert Gefängnisse zwar moralisch abgelehnt, hatten sie jedoch trotz allem; in diesem Jahrhundert haben wir Organisationen, aber keine Gefängnisse. Im vergangenen Jahrhundert wollte man keine Kriege, hatte jedoch trotzdem drei von gewaltigen Ausmaßen; in diesem Jahrhundert haben wir uns auch auf diesem Gebiet organisiert und führen unsere Kriege auf Charon, dem am weitest entfernten Planeten, wo sie nicht viel Unheil anrichten können. Falls das nicht Zivilisation ist, so bin ich gerne bereit, es als Ersatz zu nehmen.«

»Wir alle, würde ich sagen. Doch es mag wirklich nur ein Ersatz sein, ein vom Menschen erdachter Ersatz. Ganz gleich, was wir tun, es geschieht immer auf Kosten anderer Menschen oder Dinge.«

»Deren Opfer ich gerne annehme. Wie möchten Sie Ihr Steak, Hilary?«

»Oh, durchgebraten, bitte. Ich kann den Gedanken nicht ertragen, wirkliches Blut und wirkliches tierisches Gewebe zu essen. Alles, was ich vorhin sagen wollte, ist, daß unsere Zivilisation nicht auf unserem Besten beruht, sondern auf unserem Schlechtesten: auf Angst – auf der anderer Menschen, wenn nicht auf der unseren – und auf Gier. Darf ich Ihnen etwas Wein nachschenken? Und vielleicht mag eine andere Spezies eine andere Vorstellung von Zivilisation haben, die auf Mitgefühl und Achtung für alles Lebende aufbaut. Vielleicht sind diese Aliens . . .«

Er drückte auf den Knopf in der Grundplatte des Ofens. Die Halbkugel aus Porzellan und Glas glitt in die Bronzehalbkugel. Er nahm die Steaks heraus. Wieder diese Aliens! Ah, aber Mrs. Warhoon war heute in Form! Der Tellerwärmer spuckte zwei frische, warme Teller aus, und Mihaly legte nachdenklich die Steaks darauf, ohne zu hören, was sie jetzt sagte. Intelligentes Eigeninteresse, sagte er sich, das war das Höchste, was man von irgend jemand erwarten konnte oder sollte; wenn man einem Altruisten begegnete, mußte man sich in acht nehmen: entweder war er krank oder ein Heuchler. Vielleicht waren Menschen wie Mrs. Warhoon, die dieser Tatsache nicht ins Auge sehen konnten, ebenfalls krank, und man sollte ihnen zureden, sich einer Kur in einem mental-therapeutischen Heim zu unterziehen, wie Kriminelle und Wanderprediger. Sobald man begann, am Grundsätzlichen zu rütteln, wie an dem Recht eines Menschen, gutes, rotes Fleisch zu essen, wenn er es sich leisten konnte, geriet man in Schwierigkeiten, selbst wenn man sich einzureden versuchte, daß diese Schwierigkeiten Erleuchtung seien.

»Nach dem Standard einer anderen Spezies«, hörte er Mrs. Warhoon sagen, »könnte unsere Kultur lediglich eine Art Krankheitszustand sein. Es könnte dieser Krankheitszustand sein, der uns nicht erkennen läßt, wie wir mit den Aliens in Kommunikation kommen können, und nicht ein Mangel ihrerseits.«

»Das ist eine interessante Theorie, Hilary. Vielleicht haben Sie bald eine Chance, sie in der Praxis zu erproben.«

»Oh, wirklich? Wollen Sie damit sagen, daß ein anderes Schiff weitere Aliens im Universum entdeckt hat?«

»So ein Glücksumstand ist leider nicht eingetreten. Aber ich habe gestern morgen einen langen Brief von Lattimore erhalten, was einer der Gründe war, Sie heute zum Dinner zu bitten. Wie Sie wissen, sind die Amerikaner sehr an unseren ETAs interessiert. Während des vergangenen Monats hatten wir einen ständigen Strom von Besuchern aus den USA. Sie sind überzeugt – und ich bin sicher, daß es Lattimore war, der sie überzeugt hat – daß diese Angelegenheit bei uns nicht energisch und kompetent genug angepackt wird. Lattimore hat mir in seinem Brief mitgeteilt, daß ihr neues Stellar-Forschungsschiff *Gansas* einen Zusatzauftrag erhalten habe, der jedoch noch nicht offiziell sei. Die Erforschung der Crab-Nebels ist aufgeschoben worden; statt dessen soll die *Gansas* nach Clementina reisen und von dort aus nach dem Heimatplaneten der ETAs suchen.«

Mrs. Warhoon legte ihr Besteck auf den Teller, hob die Brauen und sagte: »Wie?«

»Lattimore wird als Berater an diesem Unternehmen teilnehmen. Die Begegnung mit Ihnen hat ihn offensichtlich stark beeindruckt, und er hofft sehr, daß Sie als führender Kosmolektiker an diesem Flug teilnehmen werden. Er hat mich gebeten, bei Ihnen ein gutes Wort für ihn einzulegen, bevor er sich mit Ihnen direkt in Verbindung setzt.«

Mrs. Warhoon lehnte sich zwischen den skandinavischen Leuchtern auf dem Tisch vor. »Mein Gott«, sagte sie leise. Ihre Wangen röteten sich, und in dem schmeichelnden Kerzenlicht sah sie wieder wie eine Dreißigjährige aus.

»Er sagt, daß Sie die einzige Frau an Bord sein werden und machte auch Andeutungen über Ihr Gehalt, das man nur als fürstlich bezeichnen kann. Sie sollten annehmen, Hilary! Dies ist eine einmalige Chance!«

Sie stützte einen Ellbogen auf die Tischplatte und legte die Stirn in ihre Handfläche. Er fand die Geste ziemlich theatralisch, obwohl er sah, daß sie ehrlich bewegt und erregt war. Seine früheren Vorstellungen kehrten zu ihm zurück.

»Raum! Sie wissen, daß ich nie weiter vorgestoßen bin als zur Venus, Mihaly! Aber es würde meine Ehe zerstören. Alfred würde mir das nie verzeihen.«

»Das tut mir leid. Ich dachte, Ihre Ehe bestünde nur noch auf dem Papier.«

Sie starrte auf ein gerahmtes Infrarot-Foto des Conquest Canyon auf Pluto und trank den letzten Schluck Wein, der in ihrem Glas war.

»Das spielt keine Rolle. Ich kann sie nicht retten, und vielleicht will ich es auch gar nicht. Eine Reise mit der *Gansas* würde klare Verhältnisse schaffen, einen sauberen Bruch mit der Vergangenheit . . . Gott sei Dank sind wir zumindest auf dem Gebiet zivilisierter als unsere Großeltern und haben keine komplizierten Scheidungsgesetze. Soll ich auf die *Gansas* gehen, Mihaly? Ich sollte es wirklich tun, nicht wahr? Sie wissen, daß es nur wenige Menschen gibt, deren Rat mir so wertvoll ist wie der Ihre.«

Die Biegung ihres Handgelenks, der flackernde Schimmer von Kerzenlicht auf ihrem Haar hatten ihm geholfen, zu einem Entschluß zu kommen. Er stand auf, ging um den Tisch herum und legte beide Hände auf ihre bloßen Schultern.

»Sie schulden es sich selbst, Hilary. Sie wissen, daß es nicht nur eine einmalige berufliche Chance ist; in dieser Zeit sind wir keine erwachsenen Menschen, wenn wir uns nicht in der Tiefe des Weltraums erlebt haben.«

»Aber Mihaly. Ich kenne Ihren Ruf, und Sie haben mir bei Ihrem Anruf versprochen, daß wir nach dem Dinner ins Theater gehen. Müssen wir nicht allmählich aufbrechen?« Sie drehte sich auf ihrem Stuhl um, so daß er gezwungen war, einen Schritt zurückzutreten. Mit so viel Haltung, wie er aufbringen konnte, schlug er vor, zu Fuß zum Theater zu gehen, da es nur wenige Minuten entfernt läge und es um diese Jahreszeit unmöglich sei, nach Einbruch der Dunkelheit ein Taxi zu ergattern.

»Ich mache mich nur ein wenig zurecht«, sagte sie und zog sich in das kleine Toiletier zurück, mit dem die meisten eleganten Wohnungen dieser Tage ausgestattet waren. Hinter der verschlossenen Tür betrachtete sie ihr Gesicht im Spiegel. Sie sah, nicht ohne eine gewisse Befriedigung, daß ihre Wangen leicht gerötet waren. Es war nicht das erstemal, daß Mihaly so etwas versucht hatte; aber sie hatte keine Lust, nachzugeben, solange allgemein bekannt war, daß er eine orientalische Geliebte hatte; und wenn sie auch vor einiger Zeit in Urlaub gefahren war, war das noch lange kein Grund, für sie als Ersatz herzuhalten.

Männer waren zu beneiden, fand sie. Männer konnten sich ihren Launen viel leichter hingeben als Frauen. Doch jetzt hatte sie die Chance, sich etwas Stärkerem hinzugeben als einer bloßen Laune: ihrem Wunsch, weit entfernte Planeten kennenzulernen. Daß dieser faszinierende Mann Lattimore, Bryant Lattimore, an Bord der *Gansas* sein würde, war ein Zufall, aber einer, der das Unternehmen noch aufregender machte.

Sie hob erst den rechten Arm, dann den linken, und zog Luft in die Nase. Alles in Ordnung, doch sie sprühte trotzdem zwei Spritzer Deodorant, um ganz sicher zu gehen.

Diese kleinen Drüsen in den Achselhöhlen waren die einzigen im menschlichen Körper, die dazu angelegt waren, Geruch zu produzieren, wenn auch einige andere Drüsen und Säfte unabsichtlich Geruch abgaben. Die Japaner und ein großer Teil der Chinesen besitzen solche Drüsen nicht; und wenn doch, galt es als ein pathologischer Zustand. Seltsam; sie mußte Mihaly einmal danach fragen – er sollte es wissen; seine Geliebte war, wie sie gehört hatte, Chinesin oder Japanerin.

Während sie ihren Gedanken freien Lauf ließ und ihr Gesicht puderte, sah sie die Röte aus ihren Wangen verschwinden. Vielleicht war sie nicht durch Emotionen hervorgerufen worden, sondern duch das Fleisch von Tieren, das sie gegessen hatte. Sie überprüfte die Reihen kleiner, weißer Zähne hinter ihren Lippen und freute sich, daß ihr Lächeln ein wenig grausam wirkte.

»Grrr, du kleiner Fleischfresser!« flüsterte sie. Sie gönnte sich eine winzige Spur Parfüm, eines teuren Parfüms, das Ambra enthielt, welches (sie zensorierte diese Vorstellung hastig) aus unverdauten Resten von Tintenfischen besteht, die man in den Eingeweiden des Spermaceti-Wals findet. Sie befestigte die Straßenmaske vor ihrem Gesicht und verließ die kleine Kabine.

Pasztor hatte seine Straßenmaske auch schon aufgesetzt und erwartete sie. Zusammen gingen sie die Treppe hinab und traten auf die Straße.

Der Krieg hatte die Zustände in der Stadt nicht gerade verbessert. Während andere Städte seit langem die vielfältigen Verstöße gegen die Reinhaltung abgestellt hatten – oder zumindest entsprechende Gesetze erlassen hatten –, litt London in einem immer zunehmenderem Maß darunter.

Überall standen Aschen- und Abfalltonnen herum, und die Rinnsteine waren voller Unrat. Der Mangel an ungelernten Arbeitern ließ die Stadt an ihrem Dreck ersticken. Das hatte dazu geführt, daß einige Straßen für den Verkehr ganz gesperrt werden mußten, da sie durch Berge von Müll unpassierbar geworden waren, bei anderen war die Fahrbahn zerstört, und es gab niemanden, der sie reparieren konnte. Viele Menschen sahen das ohne Bedauern, denn für Fußgänger war es eine Erleichterung, dem dichten, lauten Verkehr entrinnen zu können. Während Mihaly neben Mrs. Warhoon die Straße entlangging, sagte er sardonisch Dank für solche Gaben der Zivilisation wie Straßenmasken, die allein garantierten, daß die Auspuffgase der Autoschlangen, die sich an ihnen vorbeizwängten, sie nicht bewußtlos zu Boden sinken ließen.

Eine gigantische Reklametafel auf einem Platz, wo ein Bürohochhaus niedergebrannt war, bevor die Feuerwehrfahrzeuge sich durch den Verkehr hatten quälen können, um es zu retten, verkündete, daß Urlaub im eigenen Land ein großer Spaß sei, abgesehen davon, daß er im nationalen Interesse liege; daß man mit dem Tod noch ein Geschäft machen könne, wenn man seinen Körper der Firma Burgess Körper-Chemikalien vererbe: und daß Gonorrhöe nicht mehr zu bekämpfen sei, wie die anläßlich des Welt-Gonorrhöe-Jahres herausgegebene Darstellung beweise.

Man sah auch ein kleines Plakat von MINIGAG, dem Ministerium für Gastronomie und Landwirtschaft, das verkündete, tierische Nahrungsmittel führten zum frühzeitigen Altern, während künstlich hergestellte Nahrungsmittel giftfrei seien; diese Behauptung wurde durch zwei Illustrationen unterstrichen: eine zeigte einen alten Mann, der gerade einen Herzschlag erlitt, die andere ein gesundes junges Mädchen, das Synth-Hamburger aß.

Gnädigerweise war der größte Teil der Stadt in barmherziges Dunkel gehüllt, da Stromabschaltungen den Energieverbrauch in Grenzen hielten.

»Wenn ich hier so gehe, kann ich kaum glauben, daß ich bald einen fremden Planeten betreten werde«, sagte Mrs. Warhoon.

»Hier sieht man wirklich nicht viel vom Universum«, antwortete Pasztor und mußte fast schreien, um sich durch das Dröhnen der Fahrzeugmotore verständlich machen zu können.

»In zwei oder drei Jahrhunderten hat der Mensch ein anderes Bild vom Leben und von den Regeln, nach denen er lebt. Er wird das Universum in seine Kunst aufgenommen haben, in seine Architektur, seine Bräuche, in alles. Bis jetzt sind wir noch Heranwachsende. Die Stadt ist unser grausamer Spielplatz.« Sie deutete auf ein Schaufenster, in dem ein riesiges Motorrad ausgestellt war; es hatte die Form eines System-Schiffs und glitzerte wie El Dorado. »Dies ist ein Ort, an dem wir ständig Mannbarkeitsriten ausgesetzt sind, Proben durch Feuer, Menschenmassen und Gas. Wir sind noch nicht erwachsen genug, um uns mit deinen ETAs zu befassen.«

Leicht schockiert dachte Mihaly: Mein Gott, sie ist betrunken. Wir haben echten Wein getrunken, und sie ist wahrscheinlich an Synthwein gewöhnt . . . Sie redete weiter, sogar als er ihren Arm umklammerte, damit sie nicht über die alten Zeitungen stolperte, die ihnen um die Füße geweht wurden.

»Wir haben mit diesen Kreaturen von Anfang an alles falsch gemacht, Mihaly, als wir sie dazu bringen wollten, sich nach unseren Regeln zu richten, anstatt die ihren zu studieren. Vielleicht kann die *Gansas* mehr von ihnen entdecken, und wir haben eine zweite Chance, Kontakt mit ihnen herzustellen, zu ihren Bedingungen.«

»Bis jetzt wisen wir doch gar nicht, welches ihre Bedingungen sind. Sollen wir ihre Neigung respektieren, in ihren eigenen Fäkalien zu leben? Wir können sie natürlich diese – Materie, die sie zu mögen scheinen, ansammeln lassen. Sie wissen, daß ich diesen Vorschlag bereits einmal gemacht habe. Aber es ist nun einmal . . . nun, eben übelriechend, und der arme, alte Bodley und seine Leute müssen dort mit ihnen arbeiten . . .«

Er war froh, als er sie heil zum Theater gebracht hatte.

Das Schauspiel war eine hübsche Parodie der Ära des Kalten Krieges, eine nicht als Musical konzipierte Version der *West Side Story* in den komischen Kostümen, wie sie vor dem Dritten Weltkrieg in Mode waren. Sowohl Pasztor, als auch Mrs. Warhoon hatten Spaß daran, doch ihre Gedanken glitten immer wieder zu der Vorstellung zurück, an Bord der *Gansas* durch das Vakuum zu fliegen, so daß Pasztor in der Pause vorzog, sich in den Freistilkampf vor der Bar zu stürzen, anstatt sich von ihr in eine neue Diskussion verwickeln zu lassen. Als sie nach Beendigung der Vorstellung das Theater verließen, bestand sie darauf, sofort nach Hause zu gehen, und er drängte sich mit Uniformen und Abendkleidern in einen der Sinker, der sie auf die Ebene der Bezirks-Zubringer tragen sollte. Während sie im Theater eingesperrt gewesen waren, hatte es geregnet, und die Luft der City war etwas gereinigt worden. Ölige Wassertropfen fielen von der Schiene auf das Dach des Sinkers. Trotzdem hielt Mrs. Warhoon eisern an ihrem Thema fest.

»Erinnern Sie sich an Wittgenbachers Worte, daß unsere Intelligenz nicht mehr sein könnte, als ein Instinkt für den Weltraum?«

»Ich habe darüber nachgedacht«, sagte er und drängte sich weiter.

»Glauben Sie, daß ich nur meinen Instinkten folge, wenn ich auf die *Gansas* gehe?«

Er blickte sie an. Sie war groß und noch immer ziemlich schlank, und ihre Augen über der Maske wirkten sehr anziehend.

»Was ist eigentlich heute abend mit Ihnen los, Hilary? Was, möchten Sie, soll ich Ihnen sagen?«

»Sie könnten mir zum Beispiel sagen, ob ich in den tiefen Raum reise, um reifer zu werden – um mich von meiner Gebärmutter-Welt zu lösen oder so etwas –, oder ob ich aus einer unbefriedigenden Ehe fliehe, die ich besser reparieren sollte.«

Ein Mann in der Uniform eines Astrogators, der gegen sie gedrängt wurde, blickte sie mit plötzlichem Interesse an, als er den letzten Teil ihrer Bemerkung mithörte.

»Ich kenne Sie nicht gut genug, um das beantworten zu können«, sagte Mihaly.

»Niemand kennt mich gut genug dazu.« Sie sagte es entschieden, lächelnd, denn sie hatten endlich die Tür des Sinkers erreicht. Sie fuhr rasch mit den Fingern über seine Hand, während sie hineintrat, und er mußte kämpfen, um nicht ebenfalls hineingedrängt zu werden.

Die Türen schlossen sich, das kugelförmige Fahrzeug wurde in seiner Röhre nach oben gesaugt. Er blickte den Lichtern nach, bis sie die Ebene der Monobus-Schienen erreichten. Ein Wassertropfen spritzte in sein rechtes Auge. Er wandte sich um und machte sich durch die leerer werdenden Straßen auf den Heimweg.

Wieder in seiner Wohnung auf dem Gelände des Exozoos, begann er ruhelos auf und ab zu gehen und dachte nach. Er räumte den Tisch ab, indem er die Reste des Diners, zusammen mit Geschirr und Bestecken vom Tisch in den Disposer fegte, und sah sanfte Flammen aufsteigen, als alles zerfiel. Dann ging er wieder auf und ab.

Hilary hatte ein Körnchen Wahrheit zwischen all ihrer Spreu, obwohl er es früher am Abend im Geist als Krankheit bezeichnet hatte. Und war nicht die Wahrheit eine Krankheit, nach der die Menschen ihr Leben lang suchten, so wie ein Hund das grobe Gras sucht, das ihm zum Kotzen verhilft? Was war das Epigramm, das er viel zu oft breitgetreten hatte, daß Zivilisation nach der Entfernung gemessen wird, die der Mensch zwischen sich und seine Exkremente legt? Doch kam es der Wahrheit näher, zu sagen, daß Zivilisation die Entfernung ist, die ein Mensch zwischen sich und alles andere legt, denn tief im Konzept der Kultur verborgen lag die Notwendigkeit des Alleinseins. Nachdem sich der Mensch von dem Gedränge um die Lagerfeuer befreit hatte, erfand er Räume, Schranken, hinter denen er ungestört seine charakteristischen Gewohnheiten entwickeln konnte. Aus reiner Abstraktion entstand die Meditation, aus primitiver Volkskunst entwickelten sich die einzelnen Kunstarten, aus reinem Sex entstand Liebe, aus dem Stamm die Konzeption des Individuums.

Aber besaßen diese Schranken irgendeinen Wert, wenn man einer anderen Kultur gegenüberstand? Und dann: mochte nicht eine der Schwierigkeiten, mit ETAs zurechtzukommen, darin liegen, daß man kaum erkannte, was für einen starken Griff die Mores der eigenen Kultur an einem hatten?

Es war das, überlegte Pasztor, was man eine Gute Frage nannte, und, verdammt, er würde da jetzt etwas unternehmen.

Er fuhr mit dem Lift ins Erdgeschoß. Um ihn herum lag der Exozoo in völliger Dunkelheit; nur das gleichzeitig schrille und dumpfe Lachen eines Steinbrechers aus dem Hoch-G-Haus schickte ein Erschauern durch das Dunkel. Der Mensch, in seiner Kultur gefangen, war so danach bestrebt, andere Tiere mit sich einzusperren . . .

Die beiden ETAs schienen zu schlafen, als er das Gehege betrat und die fahlen Lichter aufflammten. Eine der Eidechsen-Kreaturen sprang in den Armsockel seines Beschützers, doch der mächtige Körper rührte sich nicht.

Pasztor trat durch die Verbindungstür in den hinteren Teil des Käfigs. Er schloß die niedere Barriere auf und trat auf die ETAs zu. Sie öffneten ihre Augen mit einem, wie es schien, Ausdruck unendlicher Erschöpfung.

»Keine Angst, Freunde. Tut mir leid, euch stören zu müssen, doch eine gewisse Lady, der sehr viel an euch liegt, hat mir, ohne es zu wissen, einen neuen Weg gewiesen. Seht her, Freunde, ich versuche, nett zu sein. Ich möchte euch über den Graben hinweg die Hand reichen, wenn das zu schaffen sein sollte.«

Er zog seine Hose herunter, hockte sich dicht neben sie, sprach mit leiser, beruhigender Stimme auf sie ein – und dann defäkierte der Direktor des Exozoos auf den Plastikboden.

KAPITEL 8

»Wie weitsichtig du warst, als du diesen Planeten Grudgrodd genannt hast, Kosmopolit«, sagte der dritte Polit.

»Ich habe mehrere Male meine Gründe dafür dargelegt, daß wir nicht länger auf Grudgrodd bleiben könnten«, sagte der Heilige Kosmopolit, als die beiden Utoden bequem nebeneinanderlagen.

»Und ich bleibe dabei, daß Metall nicht stark genug gemacht werden kann, um einen Start in die Sterneneiche auszuhalten. Vergiß nicht, daß ich einen Kursus in Metall-Fraktur belegt habe, als ich Priesterschüler war. Außerdem hatte dieses Metall-Ding nicht die richtige Form für ein Raumschiff. Ich weiß, daß man niemals zu dogmatisch sein sollte, doch es gibt einige Punkte, an denen man festhalten muß; obwohl ich dies dem Kosmopoliten gegenüber nur unter Entschuldigungen tue.«

»Du kannst sagen, was du willst, ich habe das Gefühl, in meinen Knochen, daß die Drei Sonnen nicht an diesem Himmel stehen – nicht, daß diese dünnen Lebensformen uns jemals gestatten werden , den Himmel zu sehen.«

Während er das sagte, wandte der Heilige Kosmopolit einen seiner beiden Köpfe, um der dünnen Lebensform zuzusehen, die wenige Fuß von ihnen entfernt ihrem natürlichen Drang folgte. Er glaubte, diese dünne Lebensform als eine von denen zu erkennen, deren Gewohnheiten in ihm keinen Ekel auslösten; auf jeden Fall gehörte er nicht zu denen, die mit einem Zusatzglied in den Käfig traten und sie mit einem kalten Wasserstrahl bespritzten. Und er schien auch nicht zu denen zu gehören, die mit Maschinen und zwei Assistenten herumsaßen (zweifellos waren sie das Äquivalent der Priesterschaft dieses Planeten) und ihn und den dritten Polit mit durchsichtigen Tricks zu einer Kommunikation zu verleiten versuchten.

Die dünne Lebensform stand auf und zog den Stoff über den unteren Teil seines Körpers.

»Das ist sehr interessant!« rief der Polit. »Es bestätigt, was wir vor zwei Tagen besprochen haben.«

»Im großen und ganzen ja. Wie wir vermuteten, haben auch sie zwei Köpfe, doch der eine ist nur zum Düngen, und der andere nur zum Sprechen.«

»Was einem so lachhaft erscheint, ist, daß ein Paar Beine an ihrem unteren Kopf sitzt. Ja, du magst vielleicht recht haben, Vater-Mutter, trotz aller Logik sind wir vielleicht sehr weit von den Drei-Sonnen fortgebracht worden, denn es ist nicht vorstellbar, daß eine so häßliche Absurdität in ihrem Licht leben könnte. Warum, glaubst du, ist diese dünne Lebensform hergekommen, um das Dung-Ritual zu vollziehen?«

Der Kosmopolit drehte verwirt einen seiner Finger.

»Er kann dies bestimmt nicht für einen geheiligten Saatort gehalten haben. Vielleicht hat er es nur getan, um uns zu zeigen, daß wir nicht die einzigen sind, die Fruchtbarkeit besitzen; oder, andererseits könte er es aus reiner Neugier getan haben, um zu sehen, was wir tun. Hier haben wir wieder einen Fall, denke ich, wo wir zugeben müssen, daß die Gedankengänge der Dünnbeine uns zu fremdartig sind, um sie interpretieren zu können, und daß jede Arbeitshypothese, die wir anbieten mögen, notwendigerweise utodomarphistisch sein muß. Und da wir gerade davon sprechen . . . ich will dich in keiner Weise beunruhigen – nein, als Kosmopolit muß ich diese Dinge für mich behalten.«

»Bitte – seit wir nur noch zu zweit sind, hast du mir so vieles aus deinem großen Wissensschatz erzählt, daß du mir unter anderen Umständen nicht gesagt hättest. Grunze weiter, ich bitte dich!«

Die fremdartige Lebensform stand dicht neben ihnen und beobachtete sie. Es war ihm unmöglich, für längere Zeit still zu sein. Ohne ihn zu beachten, begann der Kosmopolit vorsichtig zu sprechen, denn er wußte, was für einen gefährlichen Boden er betrat. Als einer seiner Grorgs unter seinen Bauch kroch, schlug er ihn so energisch an seinen Platz zurück, daß er selbst davon überrascht war.

»Ich will nicht, daß du dich über das, was ich dir sagen werde, beunruhigst, Sohn, obwohl mir bewußt ist, daß ich dem ersten Anschein nach die Grundlage unseres Glaubens selbst angreife. Du erinnerst dich an den Augenblick, als die Dünnbeine in der

Nacht zu uns kamen, während wir im Schlammloch neben der Sternreich-Arche lagen?«

»Obwohl das sehr lange zurückzuliegen scheint, werde ich es niemals vergessen.«

»Die Dünnbeine kamen damals zu uns und verwandelten die anderen sofort in den Aaszustand.«

»Ich erinnere mich daran. Ich war zuerst sehr erschrocken. Ich bin eng an dich herangekrochen.«

»Und dann?«

»Dann haben sie uns mit ihrem Räderfahrzeug zu dem großen Metallding gebracht, von dem du sagst, es könnte eine Sternreich-Arche sein, und ich war so beschämt, daß ich nicht auserwählt worden war, im Utodammp-Zyklus weiter vorzurücken, daß ich kaum etwas wahrgenommen habe.«

Der Dünnbein machte Töne mit dem Mund seines oberen Kopfes, doch sie schalteten auf einen höheren Hörbereich ein, wie es als höflich galt, wenn man über persönliche Dinge sprach, und ignorierten ihn von dem Augenblick an.

Der Heilige Kosmopolit fuhr fort: »Mein Sohn, es fällt mir schwer, mich richtig auszudrücken, da es in unserer Sprache natürlich nicht die richtigen Konzeptionen gibt, doch fürchte ich, daß diese Lebensformen in ihren Gedanken genau so fremdartig sind wie in ihrer Gestalt; und nicht nur in ihren an der Oberfläche liegenden Gedanken, sondern in ihrer gesamten psychologischen Konstitution. Eine Weile habe ich genau so empfunden wie du: ich habe mich geschämt, daß unsere sechs Gefährten für die Transition auserwählt worden waren, wir jedoch nicht. Aber, Blug Lugug, nehmen wir einmal an, daß diese Lebensformen gar kein System der Auswahl anwenden, nehmen wir einmal an, daß sie uns völlig willkürlich transitionierten.«

»Willkürlich? Ich bin überrascht, ein so vulgäres Wort aus deinem Mund zu hören, Kosmopolit. Das Fallen eines Blattes oder das Aufspritzen eines Regentropfens mögen ... ah ... willkürlich sein, aber bei höheren Lebensformen – bei allem, was höher ist, als ein Morast-Snwitch – verbietet doch allein die Tatsache, daß sie Teile des Lebenszyklus darstellen, jede Willkürlichkeit.«

»Das trifft auf alle Lebewesen im Bereich der Drei Sonnen zu.

Doch diese Kreaturen von Grudgrodd, diese Dünnbeine, mögen Teil einer anderen, einer konfliktierenden Form sein.«

Zu diesem Zeitpunkt verließ die Lebensform sie wieder. Als er hinausging, wurde es in ihrem Käfig wieder dunkel. Völlig desinteressiert an diesen unwichtigen Phänomenen suchte der Kosmopolit weiter nach Worten.

»Was ich sagen will, ist, daß diese Kreaturen auf eine gewisse Weise uns gegenüber keine freundlichen Absichten hegen könnten. Es gibt ein Wort aus dem Revolutionären Zeitalter, das hier Anwendung finden könnte: diese Dünnbeine sind vielleicht *böse.* Kennst du das Wort aus deinen Studien?«

»Es ist eine Art Krankheit, nicht wahr?« fragte der Polit, und erinnerte sich an die Jahre, als er während der Epoche von Willkommen-Weiß durch das Labyrinth des Gehirnsaugens schwimmen mußte.

»Eine besondere Art Krankheit, würde ich sagen. Ich habe das Gefühl, daß diese Dünnbeine auf eine gesunde Art schlecht sind.«

»Ist das der Grund, weshalb du nicht willst, daß wir mit ihnen in Kommunikation treten?«

»Selbstverständlich. Ich bin genau so wenig bereit, mit Fremden zu kommunizieren, die mir meine Suhle genommen haben, wie diese Dünnbeine wahrscheinlich auch, wenn man ihnen das Material nimmt, mit dem sie den unteren ihrer Köpfe bedecken. Wenn sie endlich diese rudimentäre Tatsache begreifen, können wir vielleicht versuchen, mit ihnen zu sprechen, wenn ich auch vermute, daß ihr Gehirn so beschränkt ist wie ihr Stimmumfang. Aber wir werden bestimmt niemals ans Ziel kommen, wenn sie nicht begreifen, daß wir gewisse Grundbedürfnisse haben. Erst wenn sie das einsehen, könnte ein Gespräch sinnvoll sein.«

»Diese . . . diese Sache ist *böse.* Ich bin erschrocken, daß du so denken kannst.«

»Sohn, je länger ich über das nachdenke, was geschehen ist, desto mehr bin ich gezwungen, so zu denken.«

Blug Lugug, der seit einhundertachtzig Jahren als dritter Polit bekannt gewesen war, verfiel in ein bedrücktes Schweigen.

Er erinnerte sich mehr und mehr an die Bedeutung von *böse.*

Während der Revolutionären Ära hatte es *Böses* gegeben. Selbst wenn die Utoden bis zu elfhundert Jahre alt wurden und die Revolutionäre Ära dreitausend Generationen zurücklag, waren ihre Nachwirkungen im Alltagsleben von Dapdrof zurückgeblieben.

Zu Beginn dieses ungewöhnlichen Zeitalters war Manna Warun geboren worden. Es war bedeutsam, daß er während einer besonderen unruhigen, entropischen, solar-orbitalen Destabilisierung ausgeschlüpft war, der besonderen Esode während der Dapdrof, während es von Safran-Lächler zum Gelb-Finsterling wechselte, seinen kleinen Mond Woback verloren hatte, der jetzt allein seinen exzentrischen Weg verfolgte.

Manna Warun hatte Jünger um sich gescharrt und die traditionellen Suhlen und Salatbeete seines Volkes verlassen. Er und seine Gefolgsleute waren in die Wüsteneien gezogen, wo sie viele Jahre verbrachten, um dort die uralten und traditionellen Künste der Utoden zu entwickeln und zu verbessern. Einige seiner Gefolgsleute hatten ihn verlassen; andere hatten sich ihm angeschlossen. Sie waren einhundertfünfundsiebzig Jahre dort geblieben, wie aus den priesterlichen Geschichtsbüchern hervorging.

Während dieser Zeit schufen sie das was Manna Warun eine ›industrielle Revolution‹ nannte. Sie lernten, viel mehr Metalle herzustellen, als ihre Zeitgenossen kannten, Metalle, die sich dünn ausziehen lassen konnten und neue Arten von Kraft entwickelten. Die Revolutionäre hielten es fortan für unwürdig, auf ihren eigenen sechs Füßen zu gehen. Sie fuhren in verschiedenen Arten von Wagen, die eine Vielzahl stampfender Füße aufwiesen, oder sie flogen durch die Luft, mit anderen Wagen, die Flügel hatten. So sagen es jedenfalls die alten Legenden, obwohl gewisse Zweifel bestanden, daß sie ein wenig dick auftrugen.

Doch als die Revolutionäre zu ihrem Volk zurückkamen und versuchten, die anderen zu den neuen Doktrinen zu bekehren, wurde eine ihrer Lebensgewohnheiten als besonders merkwürdig empfunden. Denn die Revolutionäre predigten – und praktizierten sehr dramatisch – was sie ›Sauberkeit‹ nannten.

Die Masse des Volkes stand (wenn man den alten Berichten

Glauben schenken konnte) den meisten der vorgeschlagenen Neuerungen durchaus positiv gegenüber. Besonders glücklich war man über die Vorstellung, daß die Bedingungen der Mutterschaft erleichtert werden sollten, indem man eins oder mehrere Systeme einführte, durch die das Gehirnsäugen überflüssig werden würde; denn für den größten Teil der fünfzigjährigen Kindheit eines Utoden war die Mutter gezwungen, ihr Kind gehirnzusäugen, um ihm die komplizierten Gesetze und Traditionen zu vermitteln, die rassische Geschichte und rassischer Brauch waren; und die Revolutionäre lehrten, daß diese Funktion von einem Mechanismus übernommen werden könne. Doch ›Sauberkeit‹ war eine ganz andere Sache – eine wirkliche Revolution.

Sauberkeit war etwas, das schwer zu begreifen war, wenn auch nur, weil sie an die Wurzeln des Seins ging. Sie verlangte, daß die Utoden die warmen Schlammlöcher, in denen sie sich entwikkelt hatten, nun verlassen sollten, und auch die Suhlen und Middens, die ein guter Schlamm-Ersatz waren, und daß sie die kleinen parasitenfressenden Grorgs, die traditionellen Begleiter der Utoden, aufgeben sollten.

Manna und seine Jünger demonstrierten, daß man auch ohne diesen unnötigen Luxus leben konnte (›Schmutz‹ war ein anderer Ausdruck, den sie dafür gebrauchten). *Sauberkeit* sei ein Beweis für Fortschritt. In dem modernen, revolutionären Zeitalter sei Schlamm *schlecht.*

Auf diese Weise hatten die Revolutionäre eine Notwendigkeit zur Tugend gemacht. Während ihrer Arbeit in der Wüste, weit weg von den Suhlen und ihren schattenspendenden, beschützenden Ammp-Bäumen, waren Schlamm und Flüssigkeit rar gewesen. Durch diese asketische Lebensweise war ihr asketischer Glaube geboren worden.

Sie gingen noch weiter. Nachdem Manna Warun damit begonnen hatte, entwickelte er dieses Thema weiter und griff sogar die traditionellen Glaubensgrundsätze der Utoden an. Dabei wurde er vor allem von seinem Hauptjünger, Creezeazs, unterstützt. Creezeazs bestritt, daß die Seelen der Utoden von den Ammp-Bäumen in die Körper der neugeborenen Kinder übertragen würden; er bestritt, daß dem körperlichen Zustand ein Aaszustand folge. Oder, besser ausgedrückt: er konnte nicht glauben, daß die Elemente des körperlichen Zustandes vom Schlamm absorbiert und anschließend von den Ammp-Bäumen aufgesogen würden, sondern behauptete, daß so ein Transfer der Seele unmöglich sei. Er hatte keinerlei Beweise dafür. Es war lediglich eine Empfindung, die offensichtlich darauf abzielte, die Utoden ihrer angestammten Lebensweise zu entfremden: und doch fand er einige, die ihm glaubten.

Seltsame Moralgesetze, Verbote und Einschränkungen begannen sich unter den Gläubigen zu entwickeln. Doch es ließ sich nicht abstreiten, daß sie Macht besaßen. Die Städte in der Wüste, in die sie sich zurückgezogen hatten, erstrahlten nachts in hellen Lichtern. Sie kultivierten das Land mit seltsamen Methoden und ernteten seltsame Früchte von ihm. Sie hatten sich angewöhnt, ihre Casspu-Öffnungen zu bedecken. Sie wechselten mit einer noch nie dagewesenen Häufigkeit vom männlichen zum weiblichen Geschlecht, gaben sich den Genüssen hin, ohne Kinder in die Welt zu setzen. All das taten sie, und noch mehr. Doch war nicht zu spüren, daß sie dabei glücklicher waren – nicht, daß sie das Glück predigten, ihre Reden bezogen sich mehr auf Pflichten und Rechte, und auf das, was sie als gut oder schlecht ansahen.

Eine große Erneuerung, die den Revolutionären in ihren Städten gelungen war, rief bei allen einen besonders starken Eindruck hervor.

Die Utoden besitzen eine große dichterische Begabung, wie ihr reicher Schatz an Erzählungen, Epen, Liedern und Gedichten beweist. Diese Saite in ihnen wurde angeschlagen, als die Revolutionäre einige der Menschen, die sie entwickelt hatten, in eine uralte Samenkapsel des Ammp einbauten und damit zum Himmel emporflogen. Manna Warun war dabei.

Seit Utod-Gedenken, bevor das Gehirnsäugen diese Rasse zu dem gemacht hatte, was sie war, wurden Ammp-Samenkapseln als Schiffe verwendet, mit denen sie zu weniger übervölkerten Gebieten Dapdrofs fuhren. Zu weniger übervölkerten Planeten zu reisen schien eine etwas verrückte Fortsetzung dieser Tendenz zu sein. In den Suhlen begannen die komplizierten Nezi alter Familien zu fühlen, daß Sauberkeit vielleicht doch nicht so schlecht war. Die fünfzehn Planeten, die um die sechs Sonnen der Heimat-Konstellation kreisten, waren alle zu verschiedenen Zeiten dem bloßen Auge sichtbar, und deshalb vertraut und bewundert. Das Abenteuer, sie zu besuchen, mochte es sogar wert sein, dem ›Schmutz‹ zu entsagen.

Utoden, Konvertierte und Perverse, begannen in die Wüstenstädte zu ziehen.

Dann geschah etwas Seltsames.

Ein Gerücht kam in Umlauf, nach dem Manna Warun längst nicht so asketisch sei, wie er alle anderen glauben machen wollte. Es wurde gesagt, daß er sich zum Beispiel, oft heimlich fortgeschlichen habe, um sich in einer geheimen Suhle zu wälzen. Gerüchte verbreiten sich rasch und gründlich, und natürlich war Manna nicht da, um sie zu bestreiten.

Während immer häßlichere Gerüchte aufkamen, begann man sich zu fragen, wann Creezeazs vortreten würde, um den Namen Mannas zu verteidigen.

Schließlich trat er vor. Mit Tränen in den Augen, und nur durch seine Ockpu-Öffnungen sprechend, gab er zu, daß die umlaufenden Gerüchte leider der Wahrheit entsprächen. Manna sei ein Sünder, ein Tyrann, ein Schlammbader, ein Schmutzsuhler. Er besäße keine der Tugenden, die er bei anderen verlange. Obwohl viele andere – und besonders sein Freund und treuer Jünger, Creezeasz – alles in ihrer Macht Stehende getan hätten, um ihn auf den rechten Weg zurückzuführen. Manna sei zu den *Schlechten* übergetreten. Jetzt, wo die traurige Wahrheit enthüllt worden sei, könne man nichts mehr für ihn tun. Manna Warun müsse gehen. Das sei im öffentlichen Interesse unumgänglich. Natürlich sei niemand glücklicher darüber; doch die Pflicht gebiete es. Das Volk habe ein Recht auf Schutz, sonst würden die Guten zusammen mit den Schlechten vernichtet werden.

Kaum einer der Utoden fand Gefallen daran, obwohl sie Creezeasz' Standpunkt als richtig erkannten; Manna mußte ausgestoßen werden. Als der Prophet von seiner Sternreise zurückkehrte, stand auf dem Sternreich-Archen-Landefeld ein Empfangskomitee bereit.

Bevor die Arche landete, kam es zu einer tumultartigen Szene.

Ein junger Utod, dessen glänzende, doch stark rissige Haut ihn als fanatischen Hygieniker auswies (wie das Corps der Revolutionäre sich zur Zeit nannte), sprang auf eine Kiste. Er streckte alle seine Gliedmaßen heraus und schrie mit einer Stimme wie eine Dampfpfeife, daß Creezeazs' Behauptungen über Manna Lügen seien, die allein seinen eigenen Interessen dienen sollten. Alle, die Creezeazs folgten, seien Verräter.

In diesem Augenblick geschah etwas, das es noch nie gegeben hatte. Während die Sternreich-Arche sich vom Himmel herabsenkte, kam es zu einer Schlägerei, und ein Utod mit einer scharfen Metallstange beschleunigte Creezeazs' Übergang zur nächsten Stufe seines Utodammp-Zyklus.

»Creezeazs!« rief der dritte Polit.

»Warum erwähnst du diesen unglückseligen Namen?« fragte der Kosmopolit.

»Ich habe an die Revolutionäre Ära gedacht. Creezeazs war der erste Utod in unserer Geschichte, der böswillig auf die nächste Stufe des Utodammp-Zyklus gestoßen wurde«, sagte Blug Lugug und kam damit wieder zur Gegenwart zurück.

»Das war eine schlimme Zeit. Aber weil die Dünnbeine ebenfalls die Sauberkeit zu lieben scheinen, stoßen sie auch andere böswillig zur nächsten Stufe des Zyklus'. Wie ich bereits sagte, sind sie auf eine gesunde Art böse. Und wir sind ihre willkürlich ausgewählten Opfer.«

Blug Lugug zog seine Glieder so weit wie möglich in seinen Körper. Er schloß die Augen und alle Öffnungen und streckte sich aus, bis sein Körper wie eine riesige, irdische Wurst wirkte.

Es gab nichts in ihrer Lage, was die extreme Ausdrucksweise des Kosmopoliten gerechtfertigt hätte. Zugegeben, es konnte ziemlich langweilig werden, falls man sie über einen längeren Zeitraum hier festhalten sollte – man brauchte alle fünf Jahre oder so einen Ortswechsel. Und es war gedankenlos von diesen Lebensformen, ihre Zeichen der Fruchtbarkeit zu entfernen. Doch andererseits bewiesen die Lebensformen Gutwilligkeit: sie versorgten sie mit Nahrung und lernten sehr rasch, nichts zu bringen, das sie ablehnten. Mit der Zeit und mit einiger Geduld mochten sie vielleicht noch andere nützliche Dinge lernen.

Andererseits war da diese Frage des *Bösen.* Es war tatsächlich möglich, daß diese Lebensformen von derselben Art Wahnsinn befallen waren, die während der Revolutionären Ära auf Dapdrof geherrscht hatte. Doch es war lächerlich, das anzunehmen, auch wenn sie noch so fremdartig waren; diese Dünnbeine besaßen keinen mit dem Utodammp-Zyklus vergleichbaren Evolutionszyklus; und da das von so fundamentaler Bedeutung war, mußte es etwas sein, für das sie eine tiefe Ehrfurcht empfanden – auf ihre eigene, komische Art, natürlich.

Und dann war da noch dies: die Revolutionäre Ära war eine Abirrung gewesen, eine vorübergehende Verwirrung, die nur fünfhundert Jahre gedauert hatte – die Hälfte einer normalen Lebensspanne – ein winziger Augenblick in den Hunderten von Jahrmillionen, die die Utodammp-Erinnerung umspannte. Es wäre etwas zuviel an Zufall, wenn die Dünnbeine ausgerechnet in diesen Tagen eine vergleichbare Phase durchliefen.

Es war erwiesen, daß Leute, die gewalttätige Worte gebrauchten, wie *böse* und *willkürliche Opfer,* Begriffe des Wahnsinns, selbst an der Grenze des Wahnsinns standen. Also hatte der Heilige Kosmopolit . . .

Allein der Gedanke daran ließ den Polit erzittern. Seine Liebe zu dem Kosmopoliten wurde von der Tatsache vertieft, daß er ihn während einer seiner weiblichen Phasen geboren hatte. Jetzt hätte er den Trost der anderen Mitglieder ihrer Suhle gebraucht; es wurde Zeit, nach Dapdrof zurückzukehren.

Das bedeutet, daß sie mit diesen Aliens sprechen mußten, um ihre Rückkehr zu beschleunigen. Der Kosmopolit hatte jede Kommunikation aus Gründen der Etikette untersagt, und damit hatte er recht; doch sah es immer mehr danach aus, als ob nun bald irgend etwas getan werden müßte. Vielleicht, überlegte Blug Lugug, konnte er einen der Aliens allein erwischen und ihm etwas Vernunft beibringen; er hatte sich jeden Satz, den sie seit ihrer Ankunft in diesem Metallding in seiner Gegenwart gesprochen hatten, genau gemerkt; und obwohl er nichts davon begriff, mochte es doch irgendwie nützlich sein.

Durch eine seiner Ockpu-Öffnungen sagte er: »Wilfred, du hast nicht zufällig einen Schraubenzieher einstecken, oder?«

»Was ist das?« fragte der Kosmopolit.

»Nichts. Dünnbein-Gerede.«

Der dritte Polit versank in ein Schweigen, das weniger glücklich war als sonst, und dachte wieder über die Revolutionäre Ära nach, für den Fall, daß sie irgendwelche brauchbare Parallelen mit ihrer jetzigen Situation zu bieten hatte.

Mit dem Tod Creezeasz und der Rückkehr Manna Waruns gingen die Schwierigkeiten erst richtig los. Dies war die Zeit, als *schlecht* zu seiner höchsten Blüte gelangte. Eine große Anzahl von Utoden wurden bösartig in die nächste Phase ihres Zyklus' befördert. Manna war bei der Rückkehr von seinem Flug in der Sternreich-Arche natürlich sehr verärgert, als er feststellte, daß sich die Dinge in den Städten der Wüste gegen ihn gekehrt hatten.

Er wurde noch extremer als zuvor. Sein Volk mußte dem Schlammbaden für immer abschwören; statt dessen wurden alle Wohnstätten mit Wasser versorgt. Sie mußten ihre Casspu-Öffnungen bedeckt halten. Hautöle wurden verboten. Es wurde größerer Fleiß verlangt. Und so weiter.

Doch die von Creezeazs und seinen Gefolgsleuten ausgestreute Saat der Unzufriedenheit war aufgegangen, und das führte zu weiterem Blutvergießen. Viele Utoden kehrten zu den Suhlen ihrer Vorväter zurück, und die Städte der Wüste begannen zu verfallen, während ihre Bewohner einander bekämpften, obwohl sie es nur widerwillig taten, da sie alle eine große Bewunderung für Mann hegten, die durch nichts zerstört werden konnte.

Es war besonders seine Reise zu den Sternen, die überall diskutiert und gerühmt wurde. Selbst zu jener Zeit war schon vieles über die zunächststehenden Sterne bekannt, die die Heimat-Konstellation genannt wurden, Willkommen-Weiß, Safran-Lächler und Gelber Finsterling, um die Dapdrof der Reihe nach kreiste, wenn ein Esod dem anderen folgte. Diese Sonnen und die äußeren Planeten der Konstellation waren so vertraut – und so fremd – wie die cirkumpolaren Berge in Dapdrofs Nördlichem Shunkshukkun.

Was immer die Revolutionäre auch an Leid gebracht hatten,

sie hatten den Utoden immerhin auch die Chance gegeben, diese anderen Planeten aufzusuchen. Und das war eine Chance, die jeder normale Utode haben wollte, wie sich herausstellte.

Die Hygieniker besaßen die Herrschaft über alle Sternreich-Reisen. Die Massen der Unkonvertierten, die aus allen Teilen des Globus' in die Städte der Wüste pilgerten, stellten fest, daß sie an der Entdeckung anderer Welten nur unter einer von zwei Bedingungen teilnehmen konnten. Sie konnten zu den harten Disziplinen Mann Waruns konvertieren, oder sie konnten nach den Materialien buddeln, die man für den Bau der Maschinen der Archen und als Brennstoff benötigte. Die meisten zogen das letztere vor.

Das Graben nach Rohmaterial fiel ihnen nicht schwer; hatte der Utod sich nicht aus einer kleinen unterirdisch lebenden Kreatur entwickelt, die dem Haprafruf Schlamm-Maulwurf ähnelte? Also buddelten sie willig und geschickt nach den benötigten Erzen, und bald wurde der ganze Prozeß des Bauens von Stern-Archen Routine – fast so eine Volkskunst wie Weben oder Sticken. Und auch das Reisen durch die Sternreiche erlangte etwas von dieser Gewohnheitsmäßigkeit, besonders, nachdem man festgestellt hatte, daß die Drei Sonnen und ihre drei Nachbarn noch weitere sieben Planeten besaßen, auf denen das Leben fast so schön war wie auf Dapdrof.

Es folgte eine Zeit, wo das Leben auf diesen anderen Planeten wirklich viel angenehmer war; auf Buskey, zum Beispiel, und auf Clabshub, auf denen sehr rasch das Utudammp-System etabliert worden war. Währenddessen spalteten sich die Hygieniker in rivalisierende Sekten auf, zum Beispiel gab es eine, die alle Gliedmaßen einzog, während eine andere das als unmoralisch betrachtete. Schließlich brachen die drei Atomkriege des Weisen Verhaltens aus, und der Heimatplanet wurde einer äußerst unhygienischen Bombardierung ausgesetzt, deren Heftigkeit – es wurden viele Millionen Quadratmeilen sorgfältig kultivierter Wälder und Moraste vernichtet – das Klima für etwa ein Jahrhundert stark verändert.

Die daraus entstandenen Unwetter, die von einer Reihe sehr kalter Winter gefolgt wurden, setzten den Kriegen auf eine sehr radikale Weise ein Ende, indem sie fast alle überlebenden Hygieniker jeder Richtung sofort in den Aaszustand versetzten. Manna verschwand irgendwann von der Bildfläche; niemand wußte, was für ein Ende er genommen hatte, obwohl die Legende behauptete, daß ein besonders prachtvoller Ammp-Baum, der inmitten der Ruinen der größten Wüsten-Stadt wuchs, die nächste Stufe seiner Existenz repräsentierte.

Allmählich kehrten die Utoden wieder zum Altgewohnten und Vernünftigeren zurück.

Mit der Hilfe von Rückkehrern von anderen Planeten restabilisierte die Bevölkerung sich wieder. Dämme wurden erneuert, Sümpfe wiederhergestellt und überall neue Ammp-Bäume gepflanzt. Die Städte der Wüste wurden dem Verfall preisgegeben. Niemand war mehr an der Ethik der Sauberkeit interessiert. Ordnung und Dung traten erneut ihre Herrschaft an.

Doch wenn man auch einen sehr hohen Preis hatte zahlen müssen, die Industrielle Revolution hatte ihre Früchte getragen, und nicht alle von ihnen ließ man sterben. Die grundlegenden Techniken, die zur Aufrechterhaltung von Sternreich-Reisen notwendig waren, wurden von der uralten Priesterschaft gehütet, deren Aufgabe es war, das Glück des Volkes zu bewahren. Die Priesterschaft vereinfachte die bereits ausgefeilten Praktiken zu Quasi-Ritualen und achtete darauf, daß diese Techniken zusammen mit allem anderen durch Gehirnsäugen von der Mutter auf den Sohn weitergereicht wurde.

All das lag nun schon dreitausend Generationen und fast so viele Esoden zurück. Durch die Disziplinen des Gehirnsäugens blieben die Ereignisse in ihren Grundzügen unverfälscht erhalten. In Blug Lugugs Gehirnen war die Erinnerung an die pervertierten Lehren von Manna und anderer Hygieniker sehr lebendig. Er war stolz darauf, der dreckigste und gesündeste seiner Priester-Generation zu sein. Und er wußte von den absurden Worten moralischer Verurteilung, die der Kosmopolit geäußert hatte, daß die Sauberkeit, die seinem Körper von den Dünnbeinen aufgezwungen wurde, seine Gehirne zu beeinflussen begann. Es wurde Zeit, etwas zu tun.

KAPITEL 9

Es war ein amerikanischer Weiser des neunzehnten Jahrhunderts, der das Schlagwort geprägt hatte, das seither erfolgreich auf dem Einwickelpapier jeder ›Glücklicher Hyperschlaf‹-Tablette verwendet wird: ›Die Masse der Menschen lebt in stiller Verzweiflung‹. Thoreau hatte sicherlich recht, als er feststellte, daß Sorge oder sogar Elend gerade an der Brust von Menschen genährt werden, die sich am meisten Mühe geben, ihrer Umwelt eine Fassade von Glück zu zeigen; doch bei der seltsamen Konstitution des Menschen trifft auch das Umgekehrte zu, und ein Mensch mag unter Umständen, die nach allgemeiner Ansicht dazu angetan sind, Elend hervorzurufen, ein Leben stillen Glücks führen.

Das Tor des St. Alban Gefängnisses schwang auf, um den Gefängnisbus passieren zu lassen. Er rollte unter dem breiten Aluminiumschild hindurch, dessen Inschrift lautete: VERSTEHEN HEISST VERGEBEN, und fuhr auf die Region der Metropole zu, die ›Das Fröhliche Getto‹ genannt wird.

Jedenfalls war sie unter diesem Namen bekannt. Seine Bewohner nannten sie ›Wunderland‹ oder ›Narrenfalle‹ oder bei einigen anderen, noch weniger schmeichelhaften Namen. Die Region war von einer Regierung eingerichtet worden, die klug genug gewesen war, um einzusehen, daß es Männer gibt, die zwar nicht die geringsten Absichten zu kriminellen Handlungen haben, jedoch einfach nicht in der Lage sind, innerhalb des strengen Rahmens der Zivilisation zu leben; mit anderen Worten: sie haben nicht die gleichen Zielvorstellungen wie die Majorität ihrer Mitmenschen; mit anderen Worten: sie sehen nicht ein, warum sie tagein, tagaus von zehn bis vier arbeiten sollen, nur um eine Ehefrau und soundso viele Kinder unterhalten zu können. Dieser Gruppe von Männern, zu der etwa die gleiche Anzahl von Genies wie Neurotikern gehört (häufig innerhalb derselben Anatomie) wurde gestattet, sich im Fröhlichen Getto niederzulassen, welches – da es auf keine Weise von den Gesetzeshütern überwacht wurde – sehr bald auch zum Unterschlupf für Kriminelle wurde. Innerhalb der verfallenen Quadratmeile dieses menschlichen Reservats formierte sich bald eine seltsame Gesellschaft; sie blickte mit derselben Mischung aus Angst und moralischer Ablehnung auf die monströse Maschinerie des Lebens, die außerhalb seiner Wände lärmte, mit der die monströse lärmende Maschinerie auf sie blickte.

Der Gefängnisbus stoppte am Ende einer steil ansteigenden Straße. Die beiden entlassenen Sträflinge, Rodney Althamstone und sein Zellengenosse, stiegen aus. Der Bus fuhr sofort weiter, und die Tür schloß sich automatisch.

Walthamstone blickte unsicher umher.

Die bedrückend ehrsam wirkenden kleinen Häuser zu beiden Seiten der Straße zogen ihre Schultern ein und wandten ihren Blick von dem breiten Streifen Abfall fort, der zu ihren Füßen lag.

Hinter ihnen erhob sich die Mauer des Fröhlichen Gettos; ein Teil der Mauer war Mauer; andere Teile wurden von kleinen, alten Häusern gebildet, die man mit Beton ausgegossen hatte.

»Ist es das?« fragte Walthamstone.

»Ja, das ist es, Wal. Das ist Freiheit. Hier können wir leben, ohne daß uns ständig jemand auf die Füße tritt.«

Der Schein der frühen Sonne warf goldenes Licht und gebrochene Schatten auf die abweisende Flanke des Gettos. Tid setzte sich in Bewegung, sah, daß Walthamstone zögerte, griff nach seiner Hand und zog ihn mit sich.

»Ich sollte meiner alten Tante Flo und Hank Quilter schreiben, damit sie wissen, was ich mache«, sagte Walthamstone. Er stand zwischen dem alten Leben und einem neuen, und seine Angst war natürlich. Obwohl Tid in seinem Alter war, besaß dieser doch viel mehr Selbstsicherheit.

»Das kannst du später tun«, sagte Tid.

»Da waren noch ein paar Jungs auf dem Sternenschiff . . .«

»Wie ich dir schon sagte, Wal, nur Dummköpfe lassen sich für Tiefraumschiffe anheuern. Ich habe einen Vetter namens Jack, der für Charon angeheuert hat; jetzt hockt er auf dieser elenden Billardkugel und kämpft gegen Brasilianer. Nun komm schon, Wal!«

Die schmutzige Hand schloß sich fester um das schmutzige Handgelenk.

»Vielleicht bin ich dumm. Vielleicht habe ich im Knast durchgedreht«, sagte Walthamstone.

»Dafür ist der Knast ja da.«

»Meine arme, alte Tante. Sie war immer so gut zu mir.«

»Mir kommen gleich die Tränen. Du weißt, daß ich auch gut zu dir sein werde.«

Walthamstone gab den Kampf, seine Gefühle auszudrücken, auf und ließ sich weiterziehen wie eine verlorene Seele zum Eingang des Avernus. Doch der Zugang zu diesem Avernus war nicht leicht. Es gab kein Portal, das einladend offen stand. Sie stiegen über Schutt und Dreck zur Mauer empor.

Tid ging auf ein mit Beton ausgegossenes Haus zu und zog die Tür auf. Eine Zunge Sonnenlicht leckte in das Dunkel, als sie mißtrauisch hineinstarrten. Der solide Betonblock im Inneren des Hauses war zu einer Art riesigem Kamin gemeißelt worden, an dessen linker Seite Stufen eingeschlagen waren. Ohne jede Erklärung begann Tid sie hinaufzusteigen; Walthamstone blieb nichts anderes übrig, als ihm zu folgen. In dem Halbdunkel zu beiden Seiten sah er winzige Grotten, manche nicht größer als ein offener Mund; und man sah auch Zysten und Blasen; auch Klumpen und andere Formen; sie alle hatten sich gebildet, als der flüssige Beton durch die Dachluken in das Haus gegossen worden war.

Als sie das Ende der rohen Stufen erreichten, befanden sie sich bei einem der oberen Fenster an der Rückfront des Hauses. Tid stieß einen triumphierenden Ruf aus und wandte sich um, um Walthamstone zu helfen.

Sie hockten sich auf den Fenstersims. Der Boden fiel an dieser Seite ins Getto hinein stark ab; er war fast bis zum oberen Fenster aufgeschüttet worden, zu keinem anderen erkennbaren Zweck, als wild wuchernde Gräser, Brennesseln und Holunder hervorzubringen.

Diese Wildnis wurde von Pfaden zerteilt, von denen einige um die oberen Fenster der ausbetonierten Häuser herumliefen; andere führten ins Getto. Es regte sich bereits Leben dort; ein

nacktes Kind mit einem Helm aus gefaltetem Zeitungspapier lief fröhlich schreiend von einer Tür zur anderen. Uralte Hausfassaden wuchsen aus der Erde, abgeblättert und großartig mit einer Patina von altem Dreck und neuer Sonne.

»Meine liebe, alte Shanty Town!« rief Tid und lief einen der Pfade hinab, eine schäumende Bugwelle von Blumen um die Knie. Walthamstone zögerte einen Augenblick lang, dann lief er seinem Geliebten nach.

Bruce Ainson zog seine Jacke mit einer Geste der Verzweiflung an, während Enid mit gefalteten Händen am anderen Ende des Korridors stand. Er wartete darauf, daß sie sprach, damit er ihr sagen konnte, sie solle den Mund halten, doch sie hatte nichts zu sagen. Er blickte sie aus den Augenwinkeln an, und ein Speer des Mitgefühls drang durch seine selbstsüchtige Sorge.

»Es wird schon gut gehen«, sagte er.

Sie lächelte, machte eine Geste. Er schloß die Tür und war fort.

Er fuhr mit dem Sinker an der Ecke auf die Höhe des Lokalverkehrs. Zerstreut stieg er in einen Transportsessel, der ihn zur Non-Stop-Ebene hinaufbrachte, und kletterte in einen der Robot-Monobusse. Während er auf das entfernt liegende London zuraste, dachte er an die Szene, die er Enid gerade gemacht hatte, nachdem er den Artikel in der Zeitung gesehen hatte.

Ja, er hatte sich schlecht benommen. Er hatte sich schlecht benommen, weil er nicht einsah, warum er sich in einer solchen Krise gut benehmen sollte. Man war immer so moralisch, wie es einem möglich war, so gutwillig, so beherrscht, so intelligent, so *unschuldig;* und dann brachte die Flut der Tage (aus irgendwelchen entsetzlichen, ungesehenen Tümpeln, durch die sie seit undenklichen Zeiten geflossen war) etwas Ekelhaftes, Stinkendes mit, dem man sich stellen und das man übersehen mußte. Warum sollte man sich angesichts einer solchen Lage anders als schlecht benehmen?

Jetzt war die Stimmung, die fragwürdige Fröhlichkeit dieser Stimmung, abgeklungen. Er hatte sie auf Enid abgeladen. Er würde sich gut benehmen müssen, wenn er Mihaly gegenübertrat.

Aber mußte das Leben ein so übelschmeckender Trank sein? Dunkel erinnerte er sich an die Energie, die ihn durch die Jahre des Studiums getragen hatte, die er benötigte, um sein Diplom als Meister-Forscher zu erlangen. Er hatte gehofft, irgendwo eine Welt zu entdecken, die irgendwo außerhalb der Sichtweite der Erde in den dunklen Lichtjahren versteckt lag, eine Welt mit Wesen, für die alltägliche Existenz nicht mit einer solchen Fesselung des Geistes verbunden war. Er wollte wissen, wie so etwas gemacht wird.

Jetzt sah es so aus, als ob er nie wieder eine Gelegenheit dazu haben würde.

Als er den riesigen neuen Umgehungsring erreichte, der hoch oberhalb von London lag, wechselte Ainson auf eine Bezirksebene über und fuhr zu dem Viertel, in dem Sir Mihaly Pasztor lebte und arbeitete. Zehn Minuten später stand er ungeduldig vor der Sekretärin des Direktors.

»Ich glaube nicht, daß er heute vormittag Zeit für Sie hat, Mr. Ainson. Sie hätten einen Termin ausmachen sollen.«

»Ich muß unbedingt mit ihm sprechen. Würden Sie mich bitte anmelden?«

Sie blickte zweifelnd auf den Nagel ihres kleinen Fingers, dann verschwand sie in Sir Mihalys Büro. Eine Minute später kam sie wieder heraus und hielt ihm wortlos die Tür auf. Irritiert fegte Ainson an ihr vorbei; dies war das Mädchen, bei dem er immer darauf geachtet hatte, besonders freundlich zu sein; ihre ebenso freundliche Reaktion war also nichts als Theater gewesen.

»Es tut mir leid, wenn ich dich störe«, sagte er zu dem Direktor. Mihaly versicherte seinem Freund nicht sofort, daß dem nicht so sei. Er ging weiter vor dem Fenster auf und ab und fragte: »Was bringt dich her, Bruce? Wie geht es Enid?«

Ainson ignorierte die zweite Frage als irrelevant und sagte: »Das kannst du dir sicher denken.«

»Es wäre vielleicht besser, wenn du es mir sagen würdest.«

Ainson zog eine Zeitung aus der Tasche und warf sie auf Pasztors Schreibtisch.

»Du hast es bestimmt gelesen. Dieses verdammte amerikanische Schiff, die *Gansas,* oder wie immer sie heißt, startet in der kommenden Woche, um nach dem Heimatplaneten unserer ETAs zu suchen.«

»Ich hoffe, daß sie Glück haben werden.«

»Begreifst du nicht, wie beschämend das für mich ist? Man hat mich nicht aufgefordert, an dieser Expedition teilzunehmen. Tag für Tag habe ich auf eine Nachricht gewartet. Sie ist nicht eingetroffen. Das kann doch nur ein Versehen sein.«

»Ich halte es für unmöglich, daß es bei solchen Dingen Versehen gibt, Bruce.«

»Ich verstehe. Dann ist es eine öffentliche Brüskierung.« Ainson stand vor seinem Freund und blickte ihn an. Aber war er wirklich sein Freund? War das nicht ein entschiedener Mißbrauch dieses Begriffs, nur weil sie sich eine Reihe von Jahren kannten? Er hatte die vielen Seiten von Pasztors Charakter bewundert, er hatte ihn wegen des Erfolgs seiner Technidramen bewundert, er hatte seine Führungsqualitäten bei der Ersten Charon-Expedition bewundert, er hatte ihn bewundert, weil er ein Mann der Tat war. Jetzt aber blickte er tiefer; er sah, daß dies lediglich ein Playboy der Tat war, die Vorstellung eines Dramatikers von einem Mann der Tat, eine Imitation, der seine Unechtheit endlich durch die Gelassenheit verriet, mit der er von seinem Sessel aus die Verzweiflung seines Freundes beobachtete.

»Mihaly, ich bin zwar ein Jahr älter als du, habe aber noch nicht die geringste Lust, mich mit einem sicheren, ruhigen Posten auf der Erde abzufinden. Ich bin ein Mann der Tat, und ich bin noch immer in der Lage, etwas zu tun. Ich darf ohne falsche Bescheidenheit feststellen, daß sie an den Grenzen des bekannten Universums noch immer Männer wie mich brauchen. Ich bin der Mann, der die ETAs entdeckt hat. Und auch wenn andere das anscheinend vergessen haben, ich vergesse es nicht. Ich sollte auf der *Gansas* sein, wenn sie nächste Woche in TP geht. Du könntest noch immer ein paar Verbindungen spielen lassen und mich an Bord bringen, wenn du das wirklich willst. Ich bitte dich – ich flehe dich an –, das für mich zu tun, und ich schwöre dir, dich nie wieder um etwas zu bitten. Ich kann es einfach nicht ertragen, bei einer so wichtigen Sache übergangen zu werden.«

Mihaly verzog das Gesicht und rieb sich das Kinn.

»Magst du einen Drink, Bruce?«

»Natürlich nicht. Warum bietest du mir immer etwas an, wo du genau weißt, daß ich nicht trinke?«

»Du mußt entschuldigen, wenn ich mir einen kleinen mache. Es ist sonst nicht meine Gewohnheit, so früh am Tag zu trinken.« Während er auf die Tür eines in die Wand eingelassenen Schranks zutrat, sagte er: »Vielleicht wirst du dich besser fühlen, vielleicht auch schlechter, wenn ich dir sage, daß du nicht allein beschämt worden bist. Hier im Exozoo haben wir auch unsere Enttäuschung erlebt. Wir haben bei der Kommunikation mit den armen ETAs nicht die Fortschritte machen können, auf die wir gehofft hatten.«

»Ich dachte, einer der beiden hätte plötzlich begonnen, Englisch herauszusprudeln?«

»Herauszusprudeln ist der richtige Ausdruck. Eine Serie unzusammenhängender Sätze, mit einer erstaunlichen Imitation der Stimmen, die sie ursprünglich gesprochen haben. Meine eigene Stimme habe ich deutlich herausgehört. Natürlich haben wir alles auf Band. Aber unglücklicherweise ist diese Entwicklung nicht rechtzeitig genug eingetreten, um das Fallen der Axt aufzuhalten. Ich habe vom Minister für außerirdische Angelegenheiten die Anweisung erhalten, sämtliche Forschungsarbeiten mit den ETAs sofort einzustellen.«

Obgleich Ainson nicht willens war, sich von seinen eigenen Sorgen ablenken zu lassen, war er doch überrascht.

»Beim buzzardianischen Universum! Sie können es doch nicht einfach stoppen! Diese ... wir haben hier das bedeutendste Ereignis in der ganzen Geschichte der Menschheit. Sie ... ich begreife das nicht. Sie können doch nicht einfach Schluß machen.«

Pasztor schenkte sich einen kleinen Whisky ein und nahm einen Schluck.

»Unglücklicherweise ist die Einstellung des Ministers verständlich. Ich bin über die Entwicklung genau so schockiert wie du, Bruce, doch ich verstehe, wie es dazu gekommen ist. Es ist nicht einfach, der Öffentlichkeit, oder sogar einem Minister, klarzumachen, daß die Verständigung mit einer anderen Rasse – oder selbst die Feststellung, auf welche Weise ihre Intelligenz mit der unseren vergleichbar ist – keine Aufgabe ist, die sich innerhalb von zwei Monaten lösen läßt. Ich möchte es mit klaren Worten ausdrücken, Bruce: man glaubt, daß du ein wenig lax gewesen bist, und es hat sich ein Mißtrauen verbreitet – nur ein Wispern im Wind, nicht mehr –, daß wir ebenfalls versagt haben. Das Wispern im Wind hat dem Minister seine Entscheidung ein wenig erleichtert, das ist alles.«

»Aber er kann doch die Arbeiten von Bodley Temple und all den anderen nicht einfach stoppen.«

»Ich habe ihn gestern abend aufgesucht. Er *hat* alles gestoppt. Heute nachmittag werden die ETAs der exobiologischen Abteilung überstellt.«

»Exobiologisch? Warum, Mihaly, warum? Dies ist eine Verschwörung!«

»Mit einem Optimismus, den ich persönlich für unbegründet halte, scheint der Minister zu glauben, daß die *Gansas* innerhalb von zwei Monaten mehr ETAs entdeckt haben wird – einen ganzen Planeten voll ETAs. Viele der grundlegenden Fragen, wie zum Beispiel die nach dem zivilisatorischen Niveau dieser Kreaturen, werden dann beantwortet, und auf der Basis dieser Antworten kann ein neuer und erheblich effektiverer Versuch einer Kommunikation mit ihnen begonnen werden.«

Ainsons Körper begann plötzlich zu zittern. Das bestätigte alles über die Kräfte, die sich gegen ihn vereinigt hatten, was er vermutet hatte. Ohne hinzusehen nahm er ein brennendes Mescahale, das Pasztor ihm reichte, und saugte das Aroma in seine Lungen. Allmählich wurde sein Kopf wieder klarer. »Angenommen, es wäre so«, sagte er, »dann muß noch mehr hinter dem Beschluß des Ministers stecken.«

Der Direktor machte sich noch einen Drink.

»Das habe ich gestern abend ebenfalls angedeutet. Der Minister hat mir einen Grund genannt, den wir, ob es uns gefällt oder nicht, akzeptieren müssen.«

»Und welchen Grund?«

»Den Krieg. Wir sitzen hier warm und trocken und vergessen leicht, daß dieser Krieg mit Brasilien nun schon sehr lange dauert. Die Brasilianer haben Planquadrat 503 erobert, und es scheint, als ob unsere Verluste größer sind, als offiziell bekanntgegeben wurde. Was die Regierung im Augenblick weitaus mehr interessiert als die Möglichkeit, mit den ETAs zu sprechen, ist die Wahrscheinlichkeit, daß sie keinen Schmerz empfinden. Falls es in ihrem Blutkreislauf eine Substanz geben sollte, die eine völlige Analgesie hervorruft, möchte die Regierung das wissen. Es wäre ganz offensichtlich eine potentielle Kriegswaffe.

Das offiziell erklärte Ziel ist: Wir müssen herausfinden, wie diese Kreaturen funktionieren. Wir müssen den besten Gebrauch von ihnen machen.«

Ainson rieb sich die Stirn. Der Krieg! Noch mehr Wahnsinn! An den Krieg hatte er überhaupt nicht gedacht.

»Ich wußte, daß es so kommen würde! Ich wußte es! Also werden sie unsere beiden ETAs aufschneiden.« Seine Stimme klang wie eine knarrende Tür.

»Sie werden sie auf die modernste und raffinierteste Art aufschneiden. Sie werden Elektroden in ihre Gehirne pflanzen, um zu prüfen, ob man bei ihnen Schmerzempfindungen auslösen kann. Sie werden es mit ein wenig Überhitzung hier und einem kleinen Kälteschock dort probieren. Kurz gesagt, sie werden mit allen Mitteln herauszufinden versuchen, ob die ETAs wirklich keinerlei Schmerzempfindung kennen; und wenn dem so ist, werden sie feststellen, ob es sich dabei um eine angeborene Unempfindlichkeit handelt, oder ob sie durch Antikörper hervorgerufen wird. Ich habe selbstverständlich gegen das Vorhaben protestiert; aber ich hätte mir meine Worte sparen können. Ich bin genau so empört wie du, Bruce.«

Ainson ballte die rechte Hand zur Faust und schüttelte sie vor seinem Magen.

»Lattimore steckt hinter allem. Ich wußte vom ersten Moment an, daß er mein Feind ist! Du hättest nie zulassen dürfen . . .«

»Sei doch nicht albern, Bruce. Lattimore hat absolut nichts damit zu tun. Siehst du denn nicht, daß dies eine von den verdammten Dummheiten ist, die immer dann passieren, wenn es um etwas Wichtiges geht? Es sind die Menschen, die die Macht besitzen und nicht die Menschen, die über Wissen verfügen, welche die letzten Entscheidungen treffen. Manchmal habe ich wirklich den Eindruck, daß die Menschheit ein wenig verrückt ist.«

»Sie sind alle verrückt. Wenn man sich vorstellt, daß sie mich nicht *angefleht* haben, auf die *Gansas* zu gehen! Ich habe diese Kreaturen entdeckt! Ich kenne sie! Die *Gansas* braucht mich! Du mußt alles tun, was in deiner Macht steht, Mihaly, um unserer langen Freundschaft willen.«

Pasztor schüttelte ernst den Kopf.

»Ich kann nichts für dich tun. Ich habe dir erklärt, aus welchem Grund auch ich zur Zeit nicht sehr hoch in der Gunst stehe. Du mußt dir schon selbst helfen, wie wir alle. Außerdem haben wir Krieg.«

»Jetzt gebrauchst du dieselbe Ausrede! Aber die Menschen sind schon immer alle gegen mich gewesen. Mein Vater war gegen mich, meine Frau ist gegen mich, mein Sohn – und jetzt auch du. Ich habe mehr von dir gehalten, Mihaly. Es ist eine öffentliche Schande, daß ich nicht auf der *Gansas* bin, wenn sie ins Vakuum vorstößt, und ich weiß nicht, was ich tun werde.«

Mihaly wandte unbehaglich den Kopf zur Seite, starrte zu Boden und umklammerte sein Whiskyglas.

»Du hast nichts von mir gehalten, Bruce, nicht wirklich. Wenn du ehrlich bist, hast du niemals von irgend jemand etwas gehalten.«

»In Zukunft werde ich das jedenfalls nicht mehr tun. Ist es ein Wunder, wenn ein Mensch verbittert wird? Mein Gott, wofür lohnt es sich überhaupt zu leben?«

Er stand auf und drückte den Rest seines Mescahale in eine Schale. »Ich finde allein hinaus«, sagte er.

In einem Zustand, der fast würdevoll wirkte, ging er aus dem Büro und eilte an der verstohlen neugierig aufblickenden Sekretärin vorbei. Natürlich fühlte er sich längst nicht so niedergedrückt, wie er es Mihaly, diesem aufgeblasenen, kleinen Ungarn, hatte weismachen wollen; es würde dem Burschen gut tun, zu sehen, daß manche Menschen wirklich litten und nicht nur posierten.

Er kam auf einen früheren Gedankengang zurück. Man nahm nicht alle Strapazen der Suche nach neuen Planeten auf sich, allein in der Hoffnung, eines Tages eine Rasse zu entdecken, für die das Leben nicht nur eine Last für jeden war, der auch nur eine Spur von Sensibilität besaß. Nein, es gab auch die andere Seite dieser Münze! Man tat es, weil das Leben auf der Erde eine solche Hölle war, weil, um es genau auszudrücken, das Zusammenleben mit anderen Menschen eine so dreckige Angelegenheit war.

Nicht, daß das Leben an Bord eines Raumschiffes so wunderbar wäre – dieser Bastard Bargerone, er war für seine jetzige Lage verantwortlich –, doch zumindest hatte jeder an Bord seine Stellung, seine Aufgabe, und es gab Vorschriften, die ihn daran banden, und ihn bestraften, wenn er sich nicht an sie hielt. Vielleicht war das das Geheimnis des Raumforschergeistes. Ja, vielleicht war es schon immer das Wissen in den Herzen anderer großer Entdecker gewesen! Auch wenn das Streifen durch unbekannte Reiche des Raums körperlich und psychisch eine Strapaze war, brachte es doch keine solchen Gefahren mit sich, wie sie in den Brüsten der Familie und von Freunden lauerten. Mir sind die Teufel lieber, die ich nicht kenne, als jene, die mich kennen!

Er kehrte in einem Zustand wütender Befriedigung nach Hause zurück. Hatte er nicht immer gesagt, daß die Dinge sich so entwickeln würden?

Als der Meister-Forscher das Büro verlassen hatte, leerte Sir Mihaly Pasztor sein Glas, stellte es ab und ging mit schweren Schritten zu der Tür, die in sein kleines Ruhezimmer führte. Er zog sie auf.

Ein junger Mann saß auf einem Sessel, der die Form einer offenen Hand hatte, und zog an einem Mescahale, als ob er es essen wollte. Er war gertenschlank und trug einen sauber getrimmten Bart, der ihn älter als seine achtzehn Jahre erscheinen ließ. Sein normalerweise intelligentes Gesicht war jetzt schwer und düster, als er es in wortloser Frage Mihaly zuwandte.

»Dein Vater ist fort, Aylmer«, sagte Mihaly.

»Ich habe ihn an seiner Stimme erkannt. Sie klang überdreht wie immer.«

Sie gingen ins Büro zurück.

Aylmer warf sein Mescahale in die auf dem Schreibtisch stehende Schale und fragte: »Was hat er gewollt? Irgend etwas, das mit mir zu tun hat?«

»Nein. Er wollte, daß ich ihn an Bord der *Gansas* bringe.«

Ihre Blicke trafen sich. Das finstere Gesicht des Jungen wurde durch ein Lächeln aufgehellt. Dann brachen sie beide in Gelächter aus.

»Genau wie der Sohn! Du hast ihm hoffentlich nicht erzählt, daß ich mit der genau gleichen Bitte zu dir gekommen bin?«

»Natürlich nicht. Er hat für einen Tag genug, worüber er unglücklich sein kann.« Während er das sagte, kramte er in der Schreibtischschublade herum. »Sei mir nicht böse, wenn ich dich jetzt hinauswerfe, junger Mann, aber ich habe noch eine Menge Arbeit. Bist du sicher, daß du noch immer beim Forschungskorps anheuern willst?«

»Das weißt du doch, Onkel Mihaly. Ich kann nicht länger auf der Erde bleiben. Das haben mir meine Eltern unmöglich gemacht, zumindest für eine gewisse Zeit. Ich möchte in den Raum hinaus, weg von hier.«

Mihaly nickte verständnisvoll. Er war diesen Gefühlen so oft begegnet, und hatte ihnen nie widersprochen, wenn auch nur, weil er selbst einmal so gedacht hatte. Wenn man jung ist, erkennt man nicht, daß es kein ›weg von hier‹ gibt – nicht einmal in der entferntesten Galaxis –, daß sie nur endlose Orte sind, auf denen das Selbst genau so herumspukt wie auf der Erde. Er legte ein paar Schriftstücke auf der Schreibtischplatte zurecht.

»Das sind die Papiere, die du brauchst. Ein Freund von mir. Bryant Lattimore von der USGN-Flugberatung, hat alles David Pestalozzi erklärt, dem Captain der *Gansas* auf dieser Reise. Weil dein Vater sehr bekannt ist, hält man es für beser, wenn du unter einem anderen Namen anmusterst. Man wird dich also Samuel Melmoth nennen. Ich hoffe, du hast nichts dagegen?«

»Warum sollte ich etwas dagegen haben? Ich bin dir sehr dankbar für alles, was du für mich getan hast, und auf meinen richtigen Namen bin ich nicht besonders stolz.«

Er hielt die Fäuste über den Kopf und grinste triumphierend.

Wie leicht es ist, glücklich zu sein, wenn man jung ist, dachte

Mihaly. Und wie schwer es ist, zwischen Angehörigen verschiedener Generationen eine echte Freundschaft zu entwickeln – man konnte zwar miteinander sprechen, doch war es oft so, als ob die Angehörigen zweier verschiedener Spezies sich über eine breite Schlucht hinweg miteinander zu verständigen suchten.

»Was ist eigentlich mit dem Mädchen, das du damals hattest?« fragte er.

»Ach, die!« Der finstere Ausdruck kehrte für einen Augenblick in sein Gesicht zurück. »Die war reine Zeitverschwendung.«

»Ich hoffe, du wirst mir meine Neugier verzeihen, Aylmer, doch war es nicht ihretwegen, daß dein Vater dich aus dem Haus gewiesen hat? Was habt ihr beiden denn getan, das dein Vater als so unverzeihlich betrachtet hat?« Aylmer wirkte unruhig.

»Komm, du kannst es mir ruhig erzählen«, sagte Mihaly ungeduldig. »Ich bin ein großzügiger Mensch, ein modern denkender Mensch, nicht jemand wie dein Vater.«

Aylmer lächelte. »Komisch. Ich habe immer geglaubt, daß du und Vater in gewisser Weise sehr ähnlich wärt. Zum Beispiel habt ihr beide Raumfahrterfahrung; und keiner von euch beiden mag die hygienischen, synthetischen Nahrungsmittel ; ihr eßt noch immer diese altmodischen Sachen – gekochte oder gebratene Stücke von Tieren.« Er machte eine angewiderte Geste. »Aber um deine Neugier zu befriedigen, werde ich dir sagen, daß Vater während seines letzten Urlaubs unerwartet nach Hause kam, als ich mit meinem Mädchen im Bett lag. Ich habe sie gerade zwischen die Schenkel geküßt. Der Anblick hat ihn fast zum Wahnsinn gebracht! Schockiert dich so etwas auch?«

Mihaly blickte auf die Schreibtischplatte und schüttelte den Kopf. »Mein lieber Aylmer«, sagte er, »was mich schockiert, ist, daß du mich genau so siehst wie deinen Vater. Diese Frage des Essens – erkennst du denn nicht, daß wir uns Generation um Generation immer weiter von der Natur entfernen? Dieses Verlangen nach synthetischer Narhung ist ein weiterer Beweis der Verleugnung der animalischen Natur des Menschen. Wir sind eine Mischung von Tier und Geist, und wenn wir eine Seite unserer Natur verleugnen, verarmen wir gleichzeitig die andere.«

»Die Steinzeitmenschen haben sicher schon dasselbe Argument gebraucht, würde ich sagen, als jemand damit begann, ihr Essen zu kochen. Aber wir leben jetzt in einem Buzzardianischen Universum und müssen entsprechend denken. Du mußt doch einsehen, Onkel, daß wir zu weit fortgeschritten sind, um uns noch länger darüber zu streiten, was ›natürlich‹ ist und was nicht.«

»So? Warum widert es dich dann so an, wenn ich ›Stücke von Tieren‹ esse?«

»Weil es grundsätzlich . . . es ist ganz einfach ekelhaft.«

»Du solltest jetzt gehen, Aylmer. Ich muß meine beiden Aliens den Vivisektoren übergeben. Ich wünsche dir viel Glück.«

»Kopf hoch, Onkel! Wir bringen dir ein paar hundert neue mit, mit denen du dann experimentieren kannst!« Mit dieser gedankenlosen Aufmunterung stopfte Aylmer Ainson die Papiere in die Tasche, winkte Mihaly zu und ging.

KAPITEL 10

Wenn man die Erde in einem Zeitraffer betrachtete, mochte man ihre Bewohner für einen einzigen amorphen Organismus halten. Von Zeit zu Zeit wurde dieser Organismus von Konvulsionen geschüttelt. Wie Mikroben in Arterien bewegten sich die menschlichen Punkte entlang ihrer Verkehrsadern und drängten sich an verschiedenen Orten des Globus' zusammen, bis diese Orte wie schwärende Wunden aussahen.

Die Entzündung wuchs und wuchs, bis plötzlich eine Veränderung stattfand. Die Punkte begannen, sich von einem Zentralobjekt zurückzuziehen, und es entstand ein Anschein von Ordnung. Das Zentralobjekt ragte hervor wie eine Pustel, wie ein Unwetterkopf der Infektion. Dann explodierte es, oder schien zu explodieren, und wurde in den Raum geschleudert. Als ob damit ein unerträglicher Druck abgebaut worden wäre, verteilten sich die Menschen, die dem kosmischen Beobachter wie Punkte erschienen waren, wieder, um sich vielleicht später an einem anderen Infektionsherd erneut zu sammeln. Währenddessen raste das ausgestoßene Stück Materie in den Raum – und der kosmische Beobachter duckte sich hastig aus seinem Weg und wandte sich seinen eigenen Angelegenheiten zu.

Das Stück Materie, von dem hier die Rede sein soll, trug den Namen S.S. Gansas in drei Meter hohen glutinierten Berylliumbuchstaben an seinem Bug. Sobald sie jedoch der Scheibe des Sonnensystems entkommen war, wurde dieser Name unkenntlich, selbst für einen hypothetischen Beobachter, denn das Schiff ging in TP-Flug über.

Transponential ist eine der Ideen, die am Rand des menschlichen Bewußtseins hingen, seit er Worte fand, um sich ausdrükken zu können, und wahrscheinlich sogar länger; es ist fast sicher, daß sie schon vorher vorhanden gewesen waren, da es immer die am wenigsten Starken sind, die am lebhaftesten von Omnipotenz träumen. Denn, um es semantisch auszudrücken, der transponentiale Flug stellte sich als das genaue Gegenteil des Reisens dar; er läßt das Schiff stillstehen und das Universum sich in die gewünschte Richtung zu bewegen.

Oder vielleicht hat es Dr. Chosissy in seinem Weltkongreß-Vortrag im Jahr 2033 besser ausgedrückt, als er feststellte: »So überraschend es auch für diejenigen unter uns erscheinen mag, die in der behaglichen Gewißheit der Einsteinschen Physik aufgewachsen sind, der variable Faktor in den neuen Buzzardianischen Gleichungen hat sich als das Universum herausgestellt. Entfernungen sind, wie man es nennen kann, annihiliert worden. Wir haben endlich erkannt, daß Entfernung lediglich ein mathematisches Konzept ist, das im Buzzardianischen Universum keine reale Existenz besitzt. Während des TP-Fluges kann man nicht mehr sagen, daß das Universum das Raumschiff umgibt. Man sollte sagen, daß das Raumschiff das Universum umgibt.« Die uralten Träume von Macht waren Wirklichkeit geworden, und der Berg kam gehorsam zum Propheten.

In sorgloser Unkenntnis über den unfairen Vorteil, den er gegenüber dem Universum hatte, unterhielt Hank Quilter sich mit seinen neuen Kameraden über seine Urlaubsabenteuer.

»Du hast wirklich immer Schwein, Hank«, sagte ein Mann,

dessen ständiges, süßliches Grinsen ihm den Spitznamen ›Honigbiene‹ eingetragen hatte. »Ich würde dich ehrlich um dieses Mädchen beneiden, wenn ich nicht der Meinung wäre, daß du die Hälfte aller Geschichten erfunden hast.«

»Wenn du mir nicht glaubst, bin ich gerne bereit, dir solange die Fresse zu polieren, bis du es tust«, sagte Quilter.

»Wahrheit durch Gewalt«, sagte jemand lachend.

»Weißt du eine bessere Methode?« gab Quilter grinsend zurück. Da das, was er ihnen erzählt hatte, nur wenige Übertreibungen enthielt, ließ er es durchgehen, daß sie an seinen Worten zweifelten; wenn er gelogen hätte, wäre das eine ganz andere Sache gewesen.

»Ich muß euch noch etwas Komisches erzählen, das mir passiert ist«, sagte er. »Am Tag, bevor ich zum Schiff kam, erhielt ich einen Brief von einem früheren Kameraden von der *Mariestopes,* netter Kerl namens Walthamstone, Engländer. In der ersten Nacht auf der Erde war er stockbesoffen und hat einen kleinen Einbruch gemacht. Die Bullen haben ihn erwischt, und er hat eine Weile im Knast gesessen. So wie er es darstellt, war er zu dem Zeitpunkt ein wenig psychotisch. Auf jeden Fall hat er im Kittchen einen Schwulen kennengelernt, und der hat Walthamstone in seine Richtung gedreht! Als sie entlassen wurden, ist Wal mit dem anderen in so ein Getto gezogen, und es scheint, als ob sie jetzt so gut wie verheiratet wären!« Quilter brach bei dieser Vorstellung in schallendes Gelächter aus.

Ein bärtiger junger Mann, der bisher geschwiegen hatte – er hieß Samuel Melmoth – sagte ruhig: »Mir kommt das gar nicht komisch vor. Wir alle brauchen Liebe in irgendeiner Form, wie deine vorigen Geschichten beweisen. Ich würde sagen, daß dein Freund eher Mitleid verdient.«

Quilter hörte auf zu lachen und blickte Melmoth an. Er fuhr sich mit der Hand über den Mund.

»Was willst du eigentlich von mir, Junge? Ich lache nur über die komischen Sachen, die Menschen so passieren. Und warum sollte Wally dein gottverdammtes Mitleid brauchen? Er hatte schließlich die freie Wahl, oder nicht? Er konnte tun, was er wollte, als er aus dem Knast kam, oder nicht?«

Festino -82-

Melmoths Gesicht nahm denselben, störrischen, verletzten Ausdruck an, wie häufig das Gesicht seines Vaters, der einen anderen Namen hatte.

»So wie du es dargestellt hast, ist er verführt worden.«

»Okay, okay, er ist verführt worden. Wir werden schließlich alle zu irgendeinem Zeitpunkt und auf irgendeine Art verführt. Wenn unsere Prinzipien verraten werden, stimmt's? Aber wenn unsere Prinzipien stärker wären, würden wir nicht nachgeben, oder? Also ist das, was Wal passiert ist, allein sein Problem.«

»Aber wenn er ein paar Freunde gehabt hätte . . .«

»Dies hat doch nichts mit Freunden zu tun, oder mit Verführern, oder mit Feinden, oder mit irgend etwas anderem. Das ist es doch, was ich sagen will. Es ist allein sein Problem. Alles, was uns geschieht, fällt unter unsere eigene Verantwortung.«

»Hör zu, das ist doch Mist!« protestierte Honigbiene.

»Ihr seid alle krank, das ist euer Problem«, sagte Quilter.

»Honigbiene hat recht«, sagte Melmoth. »Wir beginnen das Leben schon mit mehr Problemen, als wir während aller unserer Tage verkraften können.«

»Hör zu, Junge! Niemand hat dich um deine Meinung gefragt«, sagte Quilter. »Wenn du unbedingt etwas sagen mußt, dann sprich von dir selbst, und nicht von anderen.«

»Das tue ich doch.«

»Dann unterlasse es gefälligst, deine Schnauze für meine Angelegenheiten in Betrieb zu setzen. Ich kann sie selbst auf mein Kreuz nehmen, und außerdem bin ich der Ansicht, daß der Mensch einen freien Willen besitzt. Ich tue, was ich tun will, verstanden?«

In diesem Augenblick erwachte das Lautsprechersystem knisternd zum Leben.

»Achtung. Matrose Hank Quilter, Bord-Nummer 307, Hank Quilter, Bord-Nummer 307, sofort zum Büro des Flugberaters auf dem Beobachtungsdeck. Büro des Flugberaters auf dem Beobachtungsdeck. Ende der Durchsage.«

Fluchend stand Quilter auf, um dem Befehl nachzukommen.

Flugberater Bryant Lattimore mochte sein Büro auf dem Beobachtungsdeck nicht. Es war im sogenannten ur-organischen Stil gehalten; Wände, Boden und Decke waren fortlaufende Basrelief-Muster aus Plastik in verschiedenen Farbtönen. Die Muster stellten Oberflächenkristalle von Molybdän in fünfundsiebzigtausendfacher Vergrößerung dar. Sie waren dazu gedacht, ihn auf das Buzzardianische Universum einzustimmen.

Flugberater Bryant Lattimore liebte seinen Job.

Als es klopfte und der Matrose Quilter hereintrat, nickte er ihm freundlich zu, sich zu setzen.

»Quilter, Sie wissen, warum wir diese Reise unternehmen. Wir wollen den Heimatplaneten der Aliens finden, die, wie ich gehört habe, allgemein als Rhinozerosmenschen bekannt sind. Meine Aufgabe ist es, unser Vorgehen zu planen und zu überlegen, was wir tun wollen, nachdem wir diesen Planeten entdeckt haben. Ich habe eben die Mannschaftsliste durchgesehen und bin dabei auf Ihren Namen gestoßen. Sie waren doch auf der *Mariestopes,* als die erste Gruppe der Rhinozerosmenschen entdeckt wurde, nicht wahr?«

»Sir, ich war damals beim Forschungskorps. Ich war einer der Männer, die diese Kreaturen gefunden haben. Ich habe drei von ihnen erschossen, als sie mich angriffen. Wissen Sie . . .«

»Das ist alles sehr interessant, Quilter, aber können wir das nicht etwas gründlicher durchsprechen?«

Quilter erzählte seine Geschichte sehr ausführlich, während Lattimore aufmerksam zuhörte und auf die Molybdänkristalle starrte, zwischen denen er gefangen war, ab und zu nickte und eine Flocke getrockneten Schleims aus seinem rechten Nasenloch löste.

»Sind Sie sicher, daß diese Kreaturen Sie angegriffen haben?« fragte er, nahm die Brille ab und starrte Quilter an.

Quilter zögerte, versuchte, Lattimore abzuschätzen und beschloß dann, die Wahrheit zu sagen, so wie er sie sah.

»Wir wollen sagen, daß sie auf uns . . . ah . . . zukamen, Sir. Deshalb haben wir gefeuert, ohne vorher eine Beratung abzuhalten.«

Lattimore lächelte und setzte seine Brille wieder auf.

Nachdem er Quilter entlassen hatte, drückte er auf einen Klingelknopf, und kurz darauf trat Mrs. Hilary Warhoon herein. Sie sah sehr elegant aus in ihrer weiten, nelkenfarbenen Hose, und das Glänzen ihrer Augen verriet, wie sehr sie es genoß, im Buzzardianischen Universum verliebt zu sein.

»Hatte Quilter etwas Interessantes zu berichten?« fragte sie und setzte sich neben Lattimore an den Tisch.

»Nur unabsichtlich. Er hat die Zeitungsberichte gelesen und die Technis gesehen, und an der Oberfläche ist seine Einstellung die zivilisierte: daß wir nicht viel über die Rhinozerosmenschen, wie er sie nennt, wissen, und unsere Zweifel zu ihren Gunsten auslegen müssen, bis wir herausfinden, ob sie nur glorifizierte Schweine sind oder nicht. Darunter aber, und nicht sehr tief darunter, *weiß* er, daß diese Kreaturen lediglich Großwild sind und wie Großwild erlegt werden kann, weil er sie wie Großwild abgeschossen hat. Weißt du, selbst wenn es sich herausstellen sollte, daß sie brillante Denker sind, wird unsere Beziehung zu ihnen verdammt schwierig werden.«

»Ja. Denn falls sie brillante Denker sein sollten, ist ihr Denken erheblich anders als das unsere.«

»Richtig. Und nicht nur das. Philosophen, die im Schlamm suhlen, werden auf der Erde keinen großen Eindruck machen; die Massen lassen sich in allen Zeiten mehr von Schlamm beeindrucken als von Philosophen.«

»Glücklicherweise berührt es uns hier draußen nicht, was die Massen denken.«

»Glaubst du das wirklich, Hilary? Ich weiß, du bist die Kosmolektikerin an Bord, aber ich bin schon einige Male in TP gewesen und kenne die seltsamen psychologischen Regeln, die auf einem Schiff herrschen. Es ist wie eine übertriebene Version von Kiplings ›Östlich von Suez‹, wie hieß es da noch? ›Schiff mich irgendwohin östlich von Suez, wo der Beste gleich dem Schlechtesten ist, wo es keine zehn Gebote gibt . . .‹ Die Besten sind fast wie die Schlechtesten, wenn man einen Planeten betritt, der unter einer anderen Sonne liegt, Hilary. Und man hat das Gefühl – weißt du, es ist eine Art Freisein von jeder Verantwortung – man hat das Gefühl, alles tun zu können, was einem paßt, weil niemand auf der Erde einen dafür zur Rechenschaft ziehen wird; während gleichzeitig ›was einem paßt‹ natürlich ein Teil dessen ist, was die Massen auf der Erde gerne tun würden, wenn ihnen keine Schranken gesetzt wären.«

Mrs. Warhoon tippte mit den Fingerspitzen auf die Tischplatte.

»Bei dir klingt das sehr finster.«

»Verdammt, die irrationalen Triebe des Menschen sind finster! Und glaube nicht, daß ich verallgemeinere. Ich habe diese Stimmungen zu oft über Menschen kommen sehen. Das war es wahrscheinlich, was zum Untergang Ainsons geführt hat. Und ich spüre es auch in mir.«

»Jetzt verstehe ich gar nichts mehr.«

»Nun sei nicht gleich beleidigt. Ich habe gespürt, daß es Quilter *Spaß* gemacht hat, unsere Freunde zu erschießen. Die Spannung der Jagd! Wenn ich eine Horde von denen über das Land laufen sehen würde, hätte ich sicher auch keine Bedenken, auf sie zu schießen.«

Mrs. Warhoons Stimme klang ein wenig frostig.

»Was wirst du tun, wenn wir den Heimatplaneten der ETAs finden sollten?«

»Du weißt, was ich vorhabe; ich werde nach den Prinzipien von Vernunft und Logik handeln. Dieses Unternehmen ist ein dienstlicher Auftrag, keine Vergnügungsreise. Aber ich bin mir auch bewußt, daß etwas in mir sagt: Lattimore, diese Kreaturen fühlen keinen Schmerz; wie kann irgend etwas eine Seele oder Geist oder Intelligenz besitzen oder ein unvorstellbares Äquivalent von Byrons Gedichten oder Bardonis Zweiter Symphonie genießen, wenn es nicht leidet? Und ich sage mir, ganz egal, was für Gaben ein ETA haben mag, wenn es keinen Schmerz fühlen kann, ist es für immer außerhalb der Grenzen meines Verständnisses.«

»Aber das ist doch gerade die große Herausforderung, gerade deshalb müssen wir versuchen, sie zu verstehen, gerade deshalb . . .« Sie sah hübsch aus mit ihren geballten Fäusten.

»Ich weiß das alles. Aber du sprichst zu mir mit der Stimme des Intellekts«, sagte Lattimore und lehnte sich zurück. Es machte ihm Spaß, Hilary mit dieser typisch männlichen Feststellung zu konfrontieren. »Ich höre aber auch eine Art Quilter-Stimme, eine *vox populi,* einen Schrei, der nicht aus dem Herzen kommt, sondern aus dem Unterleib. Sie sagt, ganz gleich, was für Talente diese Kreaturen haben mögen, sie stehen auf einer niedrigeren Stufe als Büffel, oder Zebras, oder Tiger, und in mir kommt ein primitiver Trieb auf, genau wie in Quilter, und ich möchte sie abknallen.«

Jetzt trommelte sie mit acht rotlackierten Fingernägeln auf die Tischplatte, doch es gelang ihr, ihm ins Gesicht zu blicken und zu lachen.

»Du spielst ein intellektuelles Spiel mit dir selbst, Bryant. Ich bin sicher, daß selbst dieser primitive Quilter Entschuldigungen für sein Tun gefunden hat. Also hat selbst er deswegen Schuldgefühle; da du intelligenter bist, kannst du deine Schuldgefühle vorher genießen und dich auf diese Weise im Zaum halten.«

»Östlich von Suez kann ein intelligenter Mensch mehr Entschuldigungen für sich finden als ein Kretin.«

Er sah, daß seine Worte sie verstörten und gab nach.

»Wie du eben sagtest, spiele ich wahrscheinlich ein Spiel mit mir selbst. Oder mit dir.«

Er legte seine Hand auf ihre erregt trommelnden Finger, so achtlos, als ob sie Molybdän-Kristalle wären. Sie zog ihre Hand fort.

»Ich möchte das Thema wechseln, Bryant. Ich hätte da einen Vorschlag, ein Thema, das ich für sehr nützlich halte. Glaubst du, daß du einen Freiwilligen für mich finden kannst?«

»Wofür?«

»Um sich auf einem seltsamen Planeten aussetzen zu lassen.«

Auf dem seltsamen Planeten, der Erde genannt wurde, befand sich der dritte Polit, Blug Lugug in einem Zustand schwerster Verwirrung. Das, was von seinem Körper übriggeblieben war, wurde von starken Riemen auf einen Tisch gefesselt. Eine Reihe von Drähten und Kabeln führte aus seinen zahlreichen Körperöffnungen zu Maschinen, die entweder schweigend an der Wand standen, oder leise mit sich selbst surrten und tickten.

Eins der Kabel führte zu einem bestimmten Instrument, das von einem bestimmten Mann bedient wurde; der Mann war in Weiß gekleidet, und wenn er einen Hebel bewegte, geschah etwas, das keinerlei Bedeutung hatte, im Gehirn des dritten Politen. Dieses Bedeutungslose war jedoch entsetzlicher als alles, dessen Existenz dem dritten Politen bekannt war. Jetzt sah er ein, wie recht der Heilige Kosmopolit gehabt hatte, als er die Bezeichnung *böse* verwandt hatte, um diese Dünnbeine zu beschreiben. Hier war alles *böse, böse böse;* es stand machtvoll und stark und hygienisch vor ihm und nagte seine Intelligenz Stück um Stück aus seinen Gehirnen.

Das Etwas ohne Bedeutung kam jetzt wieder. Ein tiefer Abgrund tat sich auf, wo vorher etwas gewachsen war, etwas Schönes, Erinnerungen oder Versprechen, wer weiß? Auf jeden Fall etwas, das sich niemals mehr ersetzen ließ.

Einer der Dünnbeine sprach. Keuchend imitierte der Polit die Worte: »Neurale Reaktionen auch nicht vorhanden. Er zeigt in seinem ganzen Körper keinerlei Schmerzreaktionen!«

Er klammerte sich noch immer an die Hoffnung, daß sie soviel Intelligenz besitzen mochten, um mit dem, was sie taten, aufzuhören, wenn sie erkannten, daß er ihre Sprache imitieren konnte. Was immer sie tun mochten, was immer sie sich in ihren verrückten, kleinen Gehirnen zu tun einbildeten, sie verdarben seine Chance, in den Aaszustand überzuwechseln; denn sie hatten bereits zwei seiner Gliedmaßen mit einer Säge abgetrennt – aus den Winkeln seiner sich trübenden Augen blickte er zu der Wanne, in die man sie gelegt hatte – und da es hier keine Ammp-Bäume gab, war die Möglichkeit, die Zyklen des Seins fortführen zu können, äußerst gering. Es sah sich dem Nichts gegenüber.

Er schrie eine Imitation ihrer Worte, vergaß jedoch ihre stimmlichen Begrenzungen und drängte sie in seine obere Tonlage. Die Worte kamen verzerrt heraus: seine Ockpu-Öffnungen waren von Instrumenten verstopft wie von Blutegeln.

Er brauchte den Trost des Kosmopoliten, seiner angebeteten Vater-Mutter. Doch der Kosmopolit war fortgebracht worden, zweifellos auch zu einer langsamen Zerlegung seines Körpers.

Die Grorgs waren verschwunden; er hörte ihre Ultraschall-Schreie aus einem entfernten Teil des Raums. Dann fiel das Etwas ohne Bedeutung wieder über ihn her, so daß er nicht mehr hören konnte – doch was war es, das er eben . . . das er eben . . . was? Wieder war ihm etwas genommen worden.

Durch seine taumelnden Gedanken sah er, daß eine neue Gestalt zu den Gestalten in Weiß getreten war. Im Taumel seiner Gedanken glaubte er, die neue Gestalt zu erkennen. Sie war – oder sie ähnelte – der Gestalt, die vor kurzer Zeit das Dungritual vollzogen hatte.

Jetzt schrie diese Gestalt etwas, und durch das wachsende Schwindelgefühl versuchte der Polit dieselben Worte zurückzuschreien, um ihm zu zeigen, daß er ihn wiedererkannte. »Ich kann es nicht ertragen Sie Dinge tun zu sehen die noch nie zuvor getan worden sind!«

Doch das Dünnbein, falls es das war, das er kannte, wandte sich ab, ohne ein Zeichen des Wiedererkennens zu geben. Es bedeckte den vorderen Teil seines oberen Gesichts mit den Händen und ging rasch aus dem Raum, fast als ob . . .

Das Etwas ohne Bedeutung kam wieder, und die Gestalten in Weiß blickten aufmerksam auf ihre Instrumente.

Weit zurückgelehnt, so daß seine Zehen fast auf gleicher Höhe mit seinem Kopf waren, lag der Direktor des Exozoos auf seinem Therapiesessel und saugte eine Glukosemixtur aus einer Plastiktitte. Ein junger Mann, jetzt Mitglied des Forschungskorps, der von ihm ausgebildet worden war, saß neben ihm. Gussi Phipps, eben von Macao zurückgeflogen, gab ihm den Trost, den er brauchte.

»Sie sind nicht mehr so kräftig wie früher, Sir Mihaly. Sie sollten sich auf synthetische Nahrung umstellen; das ist besser für Sie. Wenn man sich vorstellt, daß Sie sich von einer kleinen Vivisektion umwerfen lassen! Wie viele Vivisektionen haben Sie selbst durchgeführt?«

»Ich weiß, ich weiß, Sie brauchen mich nicht daran zu erinnern. Es war lediglich der Anblick dieser armen Kreatur, die langsam in Stücke geschnitten wurde und überhaupt nicht reagierte, weder Schmerz noch Angst zeigte.«

»Was es eigentlich leichter machen sollte, und nicht schwerer.«

»Mein Gott, das weiß ich auch! Aber der ETA war so verdammt *widerstandslos!* Ich hatte einen Augenblick lang das Gefühl einer Vorschau auf das, was die Menschen mit allen intelligenten Wesen tun werden, die sie im Universum finden mögen.« Er deutete vage auf die gemusterte Decke des Raums. »Oder vielleicht meine ich, daß sich unter der wissenschaftlichen Etikette des Vivisektionstisches die barbarischen Trommeln des Urmenschen höre, deren Dröhnen nach einem Blutopfer ruft. Was hat dieser Mann vor, Gussie?«

»So ein Ausbruch von Pessimismus ist bei Ihnen sehr ungewöhnlich. Wir lösen uns doch vom Schlamm, aus dem Urschleim, entwickeln uns auf das Geistige zu. Wir haben zwar noch immer einen langen Weg vor uns, aber . . .«

»Ja, das ist eine Antwort, die ich mir oft selbst gegeben habe. Wir mögen zwar jetzt nicht sehr nett sein, doch in irgendeiner nicht genauer festlegbaren Zukunft werden wir erheblich netter sein als heute. Aber ist das wahr? Hätten wir nicht lieber im Schlamm bleiben sollen? Wäre es dort unten für uns nicht in körperlicher und geistiger Beziehung gesünder gewesen? Und ist es nicht nur eine Entschuldigung, wenn wir so weitermachen wie bisher? Überlegen Sie doch nur, wie viele primitive Riten unter dünnen Tarnungen noch immer unter uns leben: Vivisektion, Heirat, Kosmetik, Jagd, Krieg, Beschneidung – nein, ich mag nicht mehr daran denken. Und wenn wir schon einmal einen Schritt vorwärts machen, so in eine entsetzlich falsche Richtung – wie diese dumme Mode der synthetischen Nahrung, hervorgerufen von der Ernährungsidiotie und Thromboseangst des vergangenen Jahrhunderts. Es wird Zeit, daß ich mich aus dem Beruf zurückziehe, Gussie,, mich losreiße, solange ich noch nicht zu alt bin, in ein erträglicheres Klima ziehe, wo die Sonne scheint. Ich war immer davon überzeugt, daß der Umfang der Denkprozesse, die im Kopf eines Menschen stattfinden, im umgekehrten Verhältnis zu der Menge von Sonnenlicht steht, das es außerhalb davon gibt.«

Die Türkugel tönte.

»Ich erwarte niemanden«, sagte Pasztor mit einer Irritation, wie er sie selten zeigte. »Bitte sehen Sie nach, wer es ist, und schicken Sie ihn weg, Gussie. Sie müssen mir alles von Ihrer Macao-Reise erzählen, ja?«

Phipps ging fort und kehrte kurz darauf mit der weinenden Enid Ainson zurück.

Pasztor schlug in einem kurzen Anfall von Wut auf die Glukose-Titte, richtete sich zu einer weniger bequemen Position auf und streckte ein Bein aus dem Therapad.

»Es ist Bruce, Mihaly!« schluchzte Enid. »Bruce ist verschwunden. Ich bin sicher, daß er sich ertränkt hat. Oh, Mihaly, er ist in den letzten Tagen so schwierig geworden. Was kann ich nur tun?«

»Wann hast du ihn zum letzten Mal gesehen?«

»Er konnte die Schande, von der *Gansas* zurückgewiesen worden zu sein, nicht ertragen. Ich weiß, daß er sich ertränkt hat. Er hat es oft angedroht.«

»Wann hast du ihn zum letzten Mal gesehen, Enid?«

»Was soll ich tun? Ich muß es dem armen Aylmer sagen!«

Pasztor kletterte aus dem Therapad. Er packte Phipps' Ellbogen, während er auf das Technivision-Gerät zutrat.

»Wir müssen uns ein anderes Mal über Macao unterhalten, Gussie«, sagte er.

Er wählte die Nummer der Polizei, während Enid auf eine nüchterne, geschäftsmäßige Art weinte.

Bruce Ainson befand sich zu dem Zeitpunkt bereits weit außerhalb der Reichweite jeder irdischen Polizei.

Einen Tag nachdem die *Gansas* in den Raum geschleudert worden war, begann eine andere, sehr viel weniger beachtete Reise. Von einem kleinen, kommerziellen Raumflughafen an der Ostküste Englands hob ein System-Schiff zu seiner langen Reise entlang der Ekliptik ab. System-Schiffe waren eine völlig andere Art von Raumschiffen als Sternenschiffe. Sie besaßen keinen TP-Antrieb. Sie verwandten Ionen als Treibstoff und verbrauchten den größten Teil ihrer Masse während des Fluges. Sie waren lediglich für Aufgaben innerhalb des Sonnensystems gedacht, und die meisten, die jetzt von England aus starteten, waren Militär-Schiffe.

Die I.S. *Brunner* bildete da keine Ausnahme. Sie war ein Truppentransporter mit Verstärkungen für den Anglo-Brasilianischen Krieg auf Charon. Unter diesen Verstärkungen befand sich ein älterer, niedergedrückter Mann namens B. Ainson, der als Schreiber angemustert hatte.

Der düstere Ausgestoßene der Planeten-Familie der Sonne, Charon, bei den Soldaten unter dem Namen Tiefkühl-Planet bekannt, war fast zwei Jahrzehnte, bevor er erstmals von Menschen betreten wurde, vom Wilkins-Pressman mit dem Teleskop des Mondobservatoriums entdeckt worden. Die erste Charon-Expedition (zu der ein brillanter junger ungarischer Biologe und Dramatiker namens Mihaly Pasztor gehörte) stellte fest, daß der Himmelskörper der Stammvater aller Billardkugeln war, ein Ball von nur rund dreihundert Meilen Durchmesser (307.558 Meilen nach der letzten Ausgabe des brasilianischen Militärhandbuchs, 309.567 nach seinem britischen Gegenstück). Dieser Ball war ohne jede Charakteristika, mit einer glatten, weißen Oberfläche, die schlüpfrig und fast ohne chemische Eigenschaften war. Sie war hart, jedoch nicht etrem hart. Man konnte mit Hochgeschwindigkeitsbohrern in sie eindringen.

Es entspräche nicht ganz den Tatsachen, zu behaupten, daß Charon keine Atmosphäre besäße. Die glatte, weiße Oberfläche war die Atmosphäre, die im Lauf langer und unendlich langweiliger Äonen, während Charon, eine mobile Leichenhalle ohne Leichen, in seinem Orbit kreiste, gebildet worden war; es schien kaum mehr als Zufall, daß der Planet einem Stern erster Ordnung namens Sol verbunden war. Als die Atmosphäre aufgebohrt und analysiert worden war, stellte es sich heraus, daß sie aus einer Mischung träger Gase bestand, die in einer Form miteinander verbunden waren, wie es in den irdischen Laboratorien unbekannt war, und sie konnte dort auch nicht reproduziert werden. Irgendwo tief unter dieser glatten, weißen Oberfläche lag, wie man mit seismographischen Messungen feststellte, das wirkliche Charon, ein felsiges, pulsloses Herz von zweihundert Meilen Durchmesser.

Der Tiefkühl-Planet war bestens zum Austragen von Kriegen geeignet.

Trotz ihrer positiven Auswirkungen auf den Handel hatten Kriege einen nachteiligen Effekt auf die Menschheit als Ganzes, und aus diesem Grund hatte man sie in der zweiten Dekade des einundzwanzigsten Jahrhunderts kodifiziert, reguliert und Schiedsgerichten unterstellt, so daß sie genau so Geschick und Können unterworfen waren wie ein Baseball-Match, und den Gesetzen wie eine Gerichtsverhandlung. Weil die Erde übervölkert war, hatte man alle Kriege nach Charon verbannt. Der Planet war durch überdimensionale Markierungen seiner Längen- und Breitengrade in gigantische Rechtecke aufgeteilt und sah aus wie ein himmlisches Schachbrett.

Die Staaten der Erde waren alles andere als friedlich. Folglich gab es oft Wartelisten für Kriegsschauplätze auf Charon für alle kriegführenden Staaten, die vornehmlich Regionen in Äquatornähe buchen wollten, weil dort die Lichtverhältnisse für die Kriegsführung günstiger waren. Der Anglo-Brasilianische Krieg beanspruchte die Sektoren 159 bis 260, in Nachbarschaft zum Schauplatz des Javanisch-Guineanischen Konflikts, und schleppte sich seit dem Jahr 1999 hin. Man bezeichnete ihn als einen begrenzten Krieg.

Die Regeln eines begrenzten Krieges waren vielfältig und kompliziert. So waren, zum Beispiel, die Vernichtungswaffen strengen Beschränkungen unterworfen. Und bestimmte höher qualifizierte Menschen – die ihrer Seite unfaire Vorteile bringen könnten – waren von Charon verbannt. Die Strafen für die Verletzung der Regeln waren hart. Und trotz aller Vorsichtsmaßnahmen, die getroffen wurden, waren auch die Verluste der kämpfenden Truppen sehr hoch.

Folglich wurde die Blüte der englischen Jugend, ganz zu schweigen von älteren Jahrgängen, auf Charon gebraucht; Bruce Ainson hatte sich diesen Umstand zunutze gemacht und als Mann ohne besondere Qualifikation angeheuert, um unbemerkt aus dem Brennpunkt des öffentlichen Interesses zu verschwinden. Ein Jahrhundert früher wäre er wahrscheinlich zur Fremdenlegion gegangen.

Während der kleine, ionengetriebene Truppentransporter ihn über die zehn Lichtstunden weite Entfernung trug, die Charon von der Erde trennte, hätte er, wenn er davon gewußt hätte, mit Verachtung über Sir Mihalys oberflächliche Bemerkung, daß der Umfang der Denkprozesse, die im Kopf eines Menschen stattfinden, im umgekehrten Verhältnis zu der Menge von Sonnenlicht steht, das es außerhalb davon gibt, reflektieren können. Er hätte darüber nachgedacht, wenn die von Bug bis Heck vollgepackten Decks der *Brunner* ein Nachdenken erlaubt haben würden; doch Ainson und alle anderen Männer reisten zum Tiefkühl-Planeten in einem Zustand der Tiefkühlung.

KAPITEL 11

Eine der Möglichkeiten für einen Intellektuellen, zu beweisen, daß er kein Intellektueller war, bestand darin, mit unordentlich bis zum Ellbogen aufgerollten Tunika-Ärmeln auf dem Beobachtungsdeck auf und ab zu schlendern. Man steckte sich eine der neuen, langen Mexcahales zwischen die Lippen und lachte schallend über seine eigenen Witze oder die seiner Begleiter, während man ziellos hin und her ging. Auf diese Weise konnten die Matrosen, die heraufkamen, um einen Blick auf das Universum zu erhaschen, sich selbst davon überzeugen, daß man menschlich war.

Die falsche Zutat bei diesem Rezept, überlegte Lattimore, war sein derzeitiger Begleiter, Marcel Gleet, der Zweite Navigationsoffizier. Es hätte einer gewaltigen Anstrengung bedurft, einer Anstrengung fast solaren Ausmaßes, um über irgendeine Bemerkung Gleets zu lachen. Gleet war mit dem Ernst des Lebens verheiratet, und diese Ehe war so fröhlich wie ein Begräbnis.

»... erscheint es sehr wahrscheinlich«, sagte er, »daß der Sternhaufen, dessen Koordinaten ich soeben erwähnte, die Heimat der gesuchten Spezies sein könnte. Die Konstellation besteht aus sechs Sternen mit zusammen fünfzehn um sie kreisenden Planeten. Ich habe während meiner letzten Wache mit Mellor von Geocred darüber gesprochen, und er ist der Ansicht, daß sich wenigstens sechs davon als erdähnlich erweisen könnten.«

Darüber konnte man wirklich nicht lachen, obwohl sich mehrere Mitglieder der Besatzung an Deck befanden, von denen nicht wenige lachten, vor allem über Mrs. Warhoons Mitteilung, die an auffallender Stelle am Anschlagbrett angebracht war.

»Da sich alle sechs der vermutlich erdähnlichen Planeten in einer Entfernung von zwei bis drei Lichtjahren von Clementina befinden, scheinen sie nach meinem Dafürhalten ein relativ lohnendes Gebiet für unsere Suche zu bilden«, fuhr Gleet fort. »Ein weiteres Plus liegt darin, daß die sechs Planeten nur einige Lichttage voneinander entfernt sind, was einen immensen Vorteil hinsichtlich unserer zeitlichen Belastung darstellt.«

Hier konnte man zumindest ein leises, zustimmendes Kichern einfügen.

Gleet setzte seinen Vortrag fort, bis die Schläge der Schiffsglocke ihn an den Grund erinnerten, der ihn auf das Beobachtungsdeck geführt hatte, und er sich in Richtung Navigationsraum zurückzog. Lattimore wandte sich einem der tiefen, ovalen Fenster zu und starrte in den dunklen Raum hinaus, während er dem Gespräch von drei Männern zuhörte, die hinter ihm standen.

»Beitrag zur Zukunft der Menschheit! Das gefällt mir!« las einer von dem Anschlag ab.

»Ja, aber hast du gemerkt, daß sie sich nach diesem Appell an dein besseres Ich absichern, indem sie dir eine lebenslange Pension anbieten?« sagte einer der beiden anderen.

»Da müßten sie schon erheblich zulegen, bevor ich mich für fünf Jahre auf einem fremden Planeten aussetzen lasse«, sagte der dritte.

»Ich würde sofort etwas dazulegen, nur um dich loszuwerden«, sagte der erste.

Lattimore nickte seinem geisterhaften Spiegelbild in dem getönten Glas zu, als das uralte Ritual des Frozzelns durch Beleidigungen seinen festgelegten Gang nahm. Er hatte oft über diese akzeptierte Methode verbaler Aggression, die als geistreich galt, nachgedacht; zweifellos war sie eine Möglichkeit, den Haß des

Festino-82-

Menschen auf seine Artgenossen zu sublimieren; was hätte es sonst sein können? Die Kommentare über Mrs. Warhoons Anschlag störten ihn nicht im geringsten; sie mochte ziemlich frigide sein, doch hier hatte sie, wie er glaubte, einen guten Einfall gehabt; und da es an Bord die unterschiedlichsten Typen von Männern gab, mochte ihr Aufruf schließlich Früchte tragen.

Er starrte in das Universum hinaus, das von der *Gansas,* im buzzardianischen Sinn, umschlossen wurde. Vor einer uterinen Schwärze hoben sich eine Anzahl von nahe und verschwommen wirkenden Lichtstreifen ab. Es war wie der Eindruck, den eine betrunkene Fliege von einem Kamm haben mochte, ohne jede Definition und ein Affront gegenüber dem Sehnerv.

Doch war der menschliche Sehnerv, wie die Wissenschaft festgestellt hatte, nicht zum Erkennen der Realität eingerichtet. Da die wirkliche Natur des Universums nur durch die transponentiellen Gleichungen gesehen werden kann, war folglich dieses verschwommene Gitter (durch das man sich, wie mir gerade einfällt, wie ein winziges Schalentier fühlt, auf das die Barten eines Blauwals herabgrinsen) das *wirkliche* Bild der Sterne. Plato, dachte Lattimore, du solltest zu dieser Stunde leben! Er wandte sich vom Fenster ab, und seine Gedanken wandten sich ebenfalls ab und dem Thema des Essens zu.

Man konnte sagen, was man wollte, es gab nichts Besseres als ein gutes synthetisches Stew, um einen Waffenstillstand zwischen einem Menschen und seinem Universum herbeizuführen.

»Aber Mihaly«, sagte Enid Ainson, »Mihaly, seit Jahren – seit dem Tag, an dem Bruce mich mit dir bekannt gemacht hat, glaubte ich, daß du mich insgeheim liebtest. Ich meine, so wie du mich oft angesehen hast . . . Und als du dich bereit erklärtest, die Patenschaft für Aylmer zu übernehmen – ich meine, du hast in mir den Glauben genährt . . .« Sie preßte ihre Hände zusammen. »Und dabei hast du dich nur über mich lustig gemacht . . .«

Er stand sehr gerade aufgerichtet, ein Fels gegen die Flut ihres Pathos.

»Vielleicht zeige ich Damen gegenüber eine natürliche Ritterlichkeit, Enid, aber du hast zu viel hineininterpretiert. Ich danke dir sehr herzlich für deine schmeichelhafte Andeutung, aber du mußt begreifen . . .«

Sie riß den Kopf hoch. Sie hatte sich genug demütigen lassen; es war an der Zeit, ihre Wut zu ihrem Recht kommen zu lassen. Sie machte eine hoheitsvolle Geste.

»Du brauchst nicht weiterzusprechen. Ich möchte dir nur sagen, daß mein Denken an dich und deine vermeintliche Liebe – wie oft habe ich mir törichterweise eingebildet, daß nur deine Freundschaft mit Bruce dich davon abhielt, mich zu verführen! – daß deine hohlen Gefühle das einzige waren, was mich während der letzten, unmöglichen Jahre vor dem Wahnsinn bewahrt hat.«

»Komm, Enid! Du übertreibst . . .«

»Laß mich zu Ende reden! Ich habe jetzt erkannt, daß all deine Höflichkeit, all dein Charme, all das ungarische Flair, das du zur Schau stellst, überhaupt nichts bedeuten. Du bist nichts als ein Blender, Mihaly, ein Romantiker, der keine Romanzen mag, ein – ein Frauenheld, der vor Frauen Angst hat. Leb wohl, Mihaly – und Gott verdamme dich! Durch dich habe ich meinen Mann und meinen Sohn verloren.«

Sie knallte die Tür hinter sich zu.

Sie hatten in der Vorhalle miteinander gesprochen. Mihaly preßte seine Hände gegen seine brennenden Wangen. Er blickte zur Seite, um seinem Anblick im Spiegel auszuweichen.

Das Schlimme war, daß er, ohne das geringste physische Interesse an Enid zu haben, ihren Geist bewundert hatte und sie – weil er wußte, was für ein schwieriger Mann Bruce hinter der Szene war – tatsächlich durch warme Blicke und einen gelegentlichen Händedruck ermutigt hatte – allein, um ihr zu zeigen, daß es jemand gab, der ihre Vorzüge erkannte und würdigte. Ah, bewahre uns, wahrlich, bewahre uns vor Mitleid!

»Ist sie fort, Liebling?«

Er hörte die helle Stimme seiner Geliebten aus dem Wohnzimmer. Zweifellos hatte sie die Szene mit Enid belauscht. Ohne jede Begeisterung ging er hinein, um zu hören, was sie dazu zu sagen haben würde. Nach ihrem Malurlaub am Persischen Golf – oder wo sonst sie gewesen sein mochte – würde sie entsetzlich neugierig sein.

Nur eine Woche nachdem Lattimore sich wie ein winziges Krustentier gefühlt hatte, bekam Mrs. Warhoon ihren Freiwilligen. Diese Nachricht sandte einen Schauder durch in das Herz des Molybdän-Kristallgürtels. Lattimore benutzte die Gelegenheit, sie bei ihren fleischigen Oberarmen zu packen.

»Schön ruhig bleiben, Hilary! Ich mag es nicht, wenn eine hübsche Kosmoklektikerin die Nerven verliert. Du wolltest einen Freiwilligen haben, und du hast einen gefunden. Jetzt mach weiter und sage ihm, was du von ihm erwartest!«

Mrs. Warhoon befreite sich aus seinem Griff, jedoch nicht ohne sich dabei auf eine appetitliche Weise derangieren zu lassen. Wie stark Männer doch waren! Der Himmel mochte wissen, wie dieser sich benehmen würde, wenn er bei der Landung auf einem fremden Planeten metaphorisch ›östlich von Suez‹ war. Aber einer Frau blieben in jedem Fall ihre natürlichen Waffen der Verteidigung: sie konnte immer nachgeben.

»Dieser Freiwillige ist ein besonderer Typ. Sagt der Name Samuel Melmoth dir etwas?«

»Nein. Nichts. – Warte! Bei allen Göttern und kleinen Fischen! Es ist der Sohn von Ainson! Willst du sagen, daß *er* dieser Freiwillige ist?«

»Er hat es geschafft, sich im Mannschaftsdeck ziemlich unbeliebt zu machen, und empfindet aus diesem Grund recht antisozial. Ein Freund von ihm namens Quilter hat ihm ein blaues Auge verpaßt.«

»Wieder dieser Quilter. Gutes Führungsmaterial. Muß mit dem Captain über ihn sprechen.«

»Ich möchte, daß du mitkommst und dabei bist, wenn ich dem jungen Ainson seine Aufgabe erkläre – falls du nicht zu viel zu tun hast.«

»Du weißt, daß ich dir immer gerne helfe, Hilary.«

Der ur-organische Stil (wie alle anderen Etiketten von Kunstrichtungen war auch dieser Name so unzutreffend, daß er an der Grenze des Sinnlosen lag) hatte in Mrs. Warhoons Büro seiner Laune freien Lauf gelassen. Sie und Lattimore traten in das Herz eines Fatzken. Zweihunderttausendfach vergrößert bedeckten Basrelief-Nachbildungen faserigen Gewebes Decke, Wände und

Boden. Und in der Mitte dieses Gewirrs, einsam und mit einem grün verschwollenen Auge, saß Aylmer Ainson, sein Kopf fast unkenntlich vor einer Galaxis von Aorta-Muskelsträngen. Er stand auf, als Mrs. Warhoon und Lattimore eintraten.

Armer, kleiner Teufel, dachte Lattimore. Diese Lady liegt völlig daneben, wenn sie glaubt, daß es etwas so Simples wie ein blaues Auge war, das diesen Jungen dazu veranlaßte, sich allein auf einem fremden Planeten aussetzen zu lassen. Seine ganze Geschichte – und die Geschichte seiner Eltern, und die von deren Eltern, und so weiter, bis zurück zu den verblendeten Schwachköpfen, die entschieden, daß ein tierisches Dasein für sie nicht gut genug war –, alles hatte zu dieser Aktion geführt; das blaugeschlagene Auge war lediglich der Auslöser. Und wer konnte behaupten – wer konnte ein fliegengroßer Gott sein und alles erkennen – daß dieser Auslöser ein Zufall war? Vielleicht hatte der arme Junge den Angriff des anderen provozieren müssen, um sich einreden zu können, daß die ganze Umwelt aggressiv war.

Irgendwo, überlegte Lattimore (jedoch mit genau so viel Selbstzufriedenheit wie Bestürzung, wie er erkannte) ist meine Erziehung auf ein falsches Gleis geraten, sonst würde ich der muffig-stolzen Art, mit der dieser Junge vor uns aufgestanden ist, nicht so viel Bedeutung beimessen.

»Setzen Sie sich, Mr. Melmoth!« sagte Mrs. Warhoon mit angenehmer Stimme, die Lattimore jedoch als unangenehm empfand. »Dies ist der Flugberater, Mr. Lattimore. Er kennt genau so gut wie jeder andere die Kommunikationsprobleme, mit denen Sie konfrontiert werden, und kann Ihnen dafür ein paar Ratschläge erteilen.«

»Guten Tag, Sir«, sagte der junge Ainson lächelnd.

»Zunächst den Generalplan«, sagte Mrs. Warhoon und wählte diesen militärischen Ausdruck ganz bewußt, »um Sie ins Bild zu setzen, wie man so sagt. Wenn wir aus dem TP-Flug kommend in den Normalraum überwechseln, befinden wir uns in einem Sternhaufen, zu dem mindestens fünfzehn Planeten gehören, von denen sechs, nach den von der *Mariestopes* durchgeführten technivisuellen Beobachtungen, eine erdähnliche Atmosphäre besitzen. Unsere Aliens wurden, wie Sie wissen, neben einem Raumfahrzeug entdeckt – ob es ihnen gehörte oder einer verwandten Spezies, hoffen wir sehr bald feststellen zu können. Es deutet jedoch alles darauf hin, daß wir innerhalb dieses Sternhaufens eine Zivilisation mit fest etablierter Raumfahrt antreffen werden. In dem Fall müssen wir alle bewohnten Planeten dieses Systems überprüfen. Vor unserem Start von der Erde haben wir vereinbart, auf dem ersten Planeten, den wir besuchen, eine unbemannte Beobachtungsstation aufzustellen. Inzwischen habe ich jedoch eine bessere Idee gehabt, und Captain Pestalozzi hat seine Zustimmung zu ihrer Durchführung erteilt.

»Meine Idee besteht ganz einfach darin, einen Freiwilligen bei der Beobachtungsstation zurückzulassen. Da wir ihn mit allem Nötigen, einschließlich eines Nahrungssynthesizers, ausrüsten können und die Eingeborenen, wie wir durch die gefangenen Exemplare wissen, friedlich sind, würde dieser Freiwillige keinerlei Gefahren ausgesetzt sein. Wie wir hörten, haben Sie sich entschlossen, dieser Freiwillige zu sein.«

In der Sicherheit des gigantisch vergrößerten Geckenherzens lächelten sie einander an.

Entdeckt er nicht die Lüge in Mrs. Warhoons Worten? fragte sich Lattimore. Wer kann schon jetzt wissen, was für einen Zirkus diese Rhinozerosmenschen in der gewohnten Umgebung aufführen werden; wer kann wissen, ob es dort nicht irgendeine menschenfressende Art von Bauern gibt, die Rhinozerosmenschen genau so unbedenklich verzehren wie wir das verbesserte dänische Landschwein? Und dann natürlich die alte Lattimore-Frage: wer weiß, was, zum Teufel, dieser späte Heilige Anton in seiner fremdartigen, unbekannten Wildnis anstellen mochte? Vor diesem bösen Wind gab es keinen Schutz – wohl aber möglicherweise vor den anderen.

»Und natürlich werden wir dafür sorgen, daß Sie gut bewaffnet sind«, sagte er und erkannte an dem kurzen Blick Mrs. Warhoons, daß sie diese Bemerkung als einen, wenn auch geringfügigen Verrat betrachtete.

Sie preßte ihre Lippen zusammen und wandte sich wieder Ainson zu.

»Und jetzt zu dem, was wir von Ihnen erwarten. Wir wollen, daß Sie lernen, sich mit den Aliens zu verständigen.«

»Aber das ist doch nicht einmal den Experten auf der Erde gelungen. Wie können Sie erwarten, daß ich . . .«

»Wir werden Sie dafür ausbilden, Mr. Melmoth. Wir haben noch volle neun Tage Schiffszeit vor uns, bevor wir den TP-Raum verlassen, und in der Zeit kann man viel lernen. Auf der Erde hat man sich vielleicht eine unlösbare Aufgabe gestellt; auf dem Heimatplaneten der Aliens, wo wir sie in ihrer natürlichen Umgebung erleben, wird sie erheblich leichter sein. Ich bin überzeugt, daß die Aliens sich in ihrer gewohnten Umgebung als erheblich mitteilsamer erweisen werden. Ich nehme an, daß die Wunder der Erde, die Größe unserer Sternenschiffe und so weiter ihre Reaktionsfähigkeit teilweise paralysiert haben.

Sie wissen vielleicht, daß wir sechs tote Aliens hatten, die seziert und gründlich untersucht worden sind. Unsere Exemplare gehörten verschiedenen Altersgruppen an; einige von ihnen waren jung, andere ziemlich bejahrt. Analysen des Knochengewebes lassen darauf schließen, daß sie ein Alter von mehreren hundert Jahren erreichen können. Ihre Schmerzunempfindlichkeit scheint diese Vermutung zu bestätigen. Und wenn dem so ist, läßt das auf eine extrem lange Kindheit schließen.

Ich komme jetzt zum nächsten Punkt. Die Zeit der größten Lernfähigkeit jeder Spezies ist die frühe Jugend, die Kindheit, und ich bin überzeugt, daß wir diese Erkenntnis überall in der Galaxis bestätigt finden werden. Kinder des irdischen Menschen, die durch irgendeinen unglücklichen Umstand bis zum zwölften oder dreizehnten Lebensjahr nicht sprechen gelernt haben, sind zu alt, um es jemals zu lernen. Das ist mehrfach bewiesen worden, zum Beispiel in Indien, wo ausgesetzte Kinder von Affen oder Wölfen aufgezogen wurden. Wenn die Jahre der Kindheit vorbei sind, ist es zu spät, das Sprechen zu erlernen.

Daraus folgere ich, Mr. Melmoth, daß die einzige Zeitspanne, während der die Aliens imstande sein mögen, unsere Sprache zu erlernen, die früheste Kindheit ist. Ihre Aufgabe ist es, mit einem sehr jungen Aien in möglichst engem Kontakt zu leben.

»Es könnte sich heraustellen – das wollen wir nicht bestreiten –, daß es unmöglich ist, sich mit diesen Kreaturen zu verständigen. Doch dafür müßten wir unumstößliche Beweise haben. Wenn wir Sie verlassen, werden wir andere Planeten dieses Sternhaufens aufsuchen und sie untersuchen; ich bin sicher, daß wir eine Gruppe dieser Aliens einfangen und zur Erde schaffen können, oder wir gründen sogar eine Basis auf einem der anderen Planeten, doch das hängt von den Bedingungen ab, die wir dort vorfinden. Vorläufig sind Sie mein Projekt Nummer eins.«

Aylmer schwieg ein paar Sekunden lang. Er dachte über die Winde des Zufalls nach, und wie unberechenbar sie wehten. Es war noch nicht lange her, daß er in dem klebrigen Netz persönlicher Beziehungen gehangen hatte, zu seinem Vater, seiner Mutter, seinem Mädchen, und, in einem geringeren Ausmaß, seinem Onkel Mihaly. Jetzt, wo er auf eine so wunderbare Weise frei war, gab es nur eine Frage, die er stellen wollte: »Wie lange wollen Sie mich auf diesem Planeten lassen?«

»Nicht länger als ein Jahr, das verspreche ich Ihnen«, sagte Mrs. Warhoon und war erleichtert, daß seine mißtrauisch gerunzelte Stirn sich glättete. Wieder lächelten die drei einander an, doch die beiden Männer wirkten bedrückt.

»Wie gefällt Ihnen unser Projekt?« fragte Mrs. Warhoon Aylmer Ainson mitfühlend.

Verdammt, sag' ihr doch, daß du deinen Hals zu weit herausgestreckt hast, ohne die Konsequenzen zu überblicken! dachte Lattimore und spielte mit einer Metapher, die er vor einigen Tagen formuliert hatte. Sag' ihr, da du es dir nicht leisten kannst, einen so hohen Preis für die Katharsis zu bezahlen, die du brauchst! Oder sieh mich an, um dir von mir Hilfe zu erbitten, dann werde ich ein Wort für dich einlegen.

Der Junge blickte Lattimore an, doch in seinen Augen stand ein Ausdruck von Stolz und Erregung, kein Bitten.

Okay, dachte Lattimore, also lag ich mit meiner Diagnose daneben. Also ist er ein Held und kein Fall für die Couch des Psychiaters. Jeder Mensch trägt die Verantwortung für sein Leben.

»Es ist eine große Ehre für mich, daß Sie mir diese wichtige Aufgabe anvertrauen«, sagte Aylmer Ainson.

Wie ein Hund, dem man einen scharfen Befehl erteilt, hatte das Universum wieder seine normale Position eingenommen. Es war jetzt nicht mehr von der *Gansas* umgeben, sondern es umschloß das riesige Raumschiff, und das riesige Raumschiff stand, den Bug aufwärts gerichtet, auf dem Planeten.

Zu Ehren des Captains hatte man ihm den Namen Pestalozzi gegeben – obwohl Navigator Gleet spöttisch bemerkt hatte, daß es hübschere Namen gäbe.

Alles auf dem Planeten Pestalozzi war gut.

Seine Luft enthielt in Bodennähe den richtigen Anteil von Sauerstoff und wies keine Beimischungen von Gasen oder Dämpfen auf, die menschlichen Lungen unangenehm werden konnten. Sogar noch besser war, daß es – wie die medizinische Abteilung festgestellt hatte – kein Bakterium und kein Virus gab, mit dem eben diese medizinische Abteilung im Bedarfsfall nicht hätte fertig werden können.

Die *Gansas* war in Äquatornähe niedergegangen. Die Tagestemperatur war nicht über zwanzig Grad Celsius angestiegen, und in der Nacht war ein Minimum von neun Grad nicht unterschritten worden.

Die Achsendrehung wich mit vierundzwanzig Stunden und neun Minuten kaum von der Erdumdrehung ab. Ein Punkt auf dem Äquator bewegte sich also nur ein klein wenig schneller als ein entsprechender Punkt auf der Erde. Einer der großen Nachteile Pestalozzis war, daß er erheblich mehr Masse besaß als die Erde.

Nach jedem Mittagessen war eine Ruheperiode befohlen worden. Die meisten Besatzungsmitglieder machten freiwillig Abmagerungskuren. Denn selbst ein Schwächling von hundertfünfzig Pfund wog auf Pestalozzis Äquator vierhundertfünfzig.

Doch gab es Entschädigungen für diese Verdreifachung des Körpergewichts, und die wichtigste davon war die Entdeckung der Aliens.

Nachdem die *Gansas* zwei Tage lang auf ihrem Heck gestanden, die Luft erschnüffelt, Sonneneinstrahlung, Bodenradioaktivität, magmatische Bathythermen und andere Phänomene untersucht hatte, wurden mehrere Späh-Gleiter ausgesandt. Neben ihrer aufklärenden Funktion sollten diese Flüge auch Erlösung von der Kosmophobie bringen.

Honigbiene saß am Steuer eines dieser Gleiter und flog ihn nach Anweisungen Lattimores. Lattimore befand sich in einem Zustand höchster Erregung, die sich auf den Matrosen übertrug, der neben ihm saß, Hank Quilter. Beide umklammerten sie die Armlehnen ihrer Sitze und starrten auf das lohfarbene Land hinab, das unter ihnen wogte wie die Flanke eines riesigen, galoppierenden Tieres.

Eines Tieres, das wir zähmen und reiten werden, dachte Lattimore und versuchte, das erstickende Gefühl in seiner Brust zu analysieren. Dies war es, was ganze Schulen unbedarfter Autoren des letzten Jahrhunderts auszudrücken versucht hatten, bevor selbst die Anfänge der Raumfahrt existierten, und, ihr Götter und kleinen Fische, sie lagen richtiger, als man es ihnen damals zugebilligt hatte! Denn dies ist das echte, das einzige Erleben: das Zusammenpressen der Zellen unter einer größeren Schwerkraft zu spüren, über ein Land zu fliegen, dem menschliche Gedanken unbekannt sind, der erste zu sein, der seinen Fuß auf diesen Planeten setzt.

Es war, als ob man die Kindheit zurückgewönne, eine große, wilde Kindheit; einmal, vor langer Zeit, bist du zum ersten Mal durch die Lavendelhecke am Ende des Gartens gekrochen und hast Terra incognita betreten. Hier war es wieder so, und jeder Grashalm war ein Lavendelbusch. Er riß sich zusammmen.

»Schwebeflug!« befahl er. »Aliens voraus.«

Der Gleiter schwebte auf der Stelle über einem breiten, trägen Fluß, dessen Ufer von Salatbeeten gesäumt wurden. Die Rhinozerosmenschen arbeiteten in kleinen Gruppen oder lagen im Schatten der Bäume.

Lattimore und Quilter blickten einander an.

»Landen!« befahl Lattimore.

Honigbiene setzte den Gleiter sanfter auf, als er jemals eine Frau berührt hatte.

»Nehmen Sie Gewehre mit, für alle Fälle«, sagte Lattimore.

Sie nahmen ihre Gewehre und kletterten vorsichtig aus dem Gleiter. Bei dieser Schwerkraft konnte man sich leicht die Knöchel brechen, trotz der eilig konstruierten Beinschienen, die sie alle unter der Hose trugen.

Etwa achtzig Meter westlich vor ihnen stand eine Baumgruppe. Die drei Männer gingen darauf zu, zwischen Reihen von Kulturpflanzen entlang, die Salatköpfen ähnelten, mit der Ausnahme, daß ihre Blätter die Größe von Rhabarberblättern hatten.

Die Bäume waren gigantisch, bemerkenswert jedoch wegen einer Deformation ihrer Stämme. Sie quollen nach den Seiten aus wie Beulen, und jeder von ihnen bestand aus zwei aneinandergefügten Segmenten; sie ähnelten der Gestalt der Aliens mit ihren plumpen Körpern und zwei spitzen Köpfen. Aus ihren Kronen hingen Unmengen von Luftwurzeln zur Erde herab, wie tastende Finger. Die Blätter der Baumkrone wuchsen in einer Art steifer Turbulenz, und Lattimore spürte wieder einen Schauer der Verwunderung: hier war etwas, über das sein ermüdeter Intellekt noch nicht nachgedacht hatte.

Als die drei Männer auf diese Bäume zugingen, die Gewehre in der traditionellen Haltung halb erhoben, flatterten vierflügelige Vögel – Schmetterlinge von Adlergröße – aus dem wirren Laub einer Baumkrone, zogen eine Runde um die Menschen und flogen auf die niedrige Hügelkette auf der anderen Seite des Flusses zu. Unter den Bäumen standen ein halbes Dutzend Rhinozerosmenschen und blickten den näherkommenden Männern entgegen. Ihr Geruch war Lattimore vertraut. Er schob den Sicherungsflügel seines Gewehrs nach vorn.

»Ich habe nicht gewußt, daß sie so groß sind«, sagte Honigbiene leise. »Werden sie uns angreifen? Wir können nicht weglaufen. – Sollen wir nicht lieber zum Gleiter zurückgehen?«

»Sie sind fluchtbereit«, sagte Quilter.

Lattimore glaubte erkannt zu haben, daß das langsame Drehen der Köpfe dieser Aliens lediglich Neugier verriet, doch war er froh über Quilters Bemerkung, die ihm sagte, daß der junge Mann die Situation genau so im Griff hatte wie er selbst.

»Gehen Sie weiter!« sagte er zu Honigbiene.

Aber Honigbiene blickte über die Schulter zu ihrem Gleiter zurück. Er stieß einen erschrockenen Schrei aus.

»He, Sie greifen uns von hinten an!«

Sieben der Aliens, zwei von ihnen Riesen mit grauer Haut, bewegten sich neugierig auf den Gleiter zu, waren nur noch wenige Meter von ihm entfernt. Honigbiene riß das Gewehr an die Hüfte und feuerte.

Der erste Schuß ging daneben. Die zweite Kugel aber lag im Ziel. Die Männer hörten das Californium-Geschoß mit einer Wucht, die siebzehn Tonnen TNT entsprach, einschlagen. Einer der großen, grauen Burschen wurde zu Boden geschleudert; ein Krater war in die glatte, graue Haut seines Rückens gerissen.

Die anderen Kreaturen traten zu ihrem Gefährten, und Honigbiene riß wieder sein Gewehr hoch.

»Nicht schießen!« schrie Lattimore.

Seine Worte erstarben im Dröhnen von Quilters Gewehr. Einer der kleineren Aliens brach zusammen; das Geschoß hatte ihm einen seiner Köpfe und die ganze Schulterpartie weggesprengt.

Unbekannte Sehnen in Lattimores Hals und Gesicht spannten sich. Er sah die anderen stupiden Kreaturen vor sich stehen, völlig unbeeindruckt, ohne jedes Anzeichen von Furcht und ganz gewiß nicht bereit zur Flucht. Sie hatten kein Gefühl! Wenn sie nicht genug Verstand besaßen, um die Macht der Menschen zu erkennen, mußte man es ihnen beibringen. Es gab keine lebende Spezies, die nichts von dem Menschen und seiner Feuerkraft wußte. Wozu also waren sie gut, außer um als Zielscheiben zu dienen?

Lattimore hob sein Gewehr. Es war eine kurze Waffe, mit ausklappbarem Kolben, halb schallgedämpft, halb rückstoßfrei, die Munition vom Kaliber 0.5 im Einzel- oder Dauerfeuerverschoß. Er begann zu feuern, als Quilters Gewehr wieder krachte.

Sie standen Schulter an Schulter und feuerten, bis die sieben Aliens auseinandergefetzt waren. Jetzt schrie Honigbiene, daß sie aufhören sollten. Lattimore und Quilter erkannten den Ausdruck im Gesicht des anderen.

»Wenn wir mit dem Gleiter aufsteigen und niedrig über sie

hinwegfliegen, könnten wir sie vielleicht zum Laufen bringen und hätten bewegliche Ziele«, sagte Lattimore. Er wischte seine Brille, die angelaufen war, an seinem Hemd ab.

Quilter fuhr sich mit dem Handrücken über die trockenen Lippen.

»Irgend jemand muß diesen Maden beibringen, daß sie laufen sollen«, stimmte er zu.

Zur gleichen Zeit stand Mrs. Warhoon sprachlos vor Ehrfurcht vollkommener Perfektion gegenüber. Der Captain hatte sie eingeladen, in seinem Gleiter mitzufliegen, und sie waren im Inneren des Äquatorial-Kontinents gelandet, um etwas zu überprüfen, was wie eine Ansammlung von Ruinen wirkte.

Und dort fanden sie den Beweis für den intelligenten Status der Aliens. Sie sahen die Minen, die Erzgießereien, die Raffinerien, die Fabriken, die Laboratorien, die Startrampen – alles auf die Größenordnung einer Heimindustrie reduziert. Alle industriellen Prozesse waren zu Kunstgewerbe abgewandelt worden; die Raumschiffe waren hausgemacht. Sie wußten jetzt, als sie sich ungestört unter den leise schnaubenden Aliens bewegten, daß sie sich bei einer uralten Rasse befanden, einer Rasse von einem Alter, wie es sich der Mensch nicht einmal vorzustellen vermochte.

Captain Pestalozzi blieb stehen und steckte sich ein Mescahale an.

»Degeneriert«, sagte er. »Eine Rasse im Niedergang, das ist klar.«

»Ich glaube nicht, daß irgend etwas klar ist«, sagte Mrs. Warhoon. »Wir sind zu weit von der Erde entfernt, als daß irgend etwas klar sein könnte.«

»Sie brauchen sich doch nur umzusehen«, antwortete der Captain. Er mochte Mrs. Warhoon nicht besonders; sie wußte zu viel, und als sie sich von seiner kleinen Gruppe entfernte, empfand er lediglich Erleichterung.

Dies war der Zeitpunkt, zu dem sie sich plötzlich der Vollkommenheit gegenüberfand.

Die wenigen Gebäude standen ohne erkennbare Ordnung

weit verstreut, und sie wirkten eher zwanglos als architektonisch primitiv. Alle Wände neigten sich nach innen auf gewölbte Dächer zu; sie waren entweder aus Ziegeln oder aus präzise zugehauenen Steinen erbaut, und bei beiden Materialien waren die Stücke so geformt, daß sie ineinandergriffen, so daß kein Mörtel oder Zement benötigt wurde. Ob dieser Stil von der 3-G-Schwerkraft diktiert worden war oder von einer künstlerischen Laune, wollte Mrs. Warhoon nicht an Ort und Stelle entscheiden und schob diese Frage vorläufig auf. Ihr widerstand diese Art vorschneller Schlußfolgerungen, wie der Captain sie zog. Mit diesen Gedanken an ihn trat sie in eins der Häuser, das sich in nichts von den anderen unterschied, und dort stand die Statue.

Sie war Vollkommenheit.

Doch Vollkommenheit ist ein kaltes Wort. Diese Vollkommenheit besaß sowohl die Wärme als auch die Erhabenheit des Meisterwerks.

Ihre Kehle war wie zugeschnürt, als sie langsam um die Statue herumging.

Gott mochte wissen, warum sie hier in dieser stinkenden Hütte stand.

Es war die Statue eines Aliens. Man brauchte ihr nicht zu sagen, daß diese Arbeit von einem dieser Aliens geschaffen worden war. Sie konnte jedoch nicht sagen, ob sie gestern oder vor sechsunddreißig Jahrhunderten entstanden war. Nach einer Weile, nachdem dieser Gedanke mehrere Male durch ihr Gehirn gekreist war, wurde ihr bewußt, aus welchem Grund sie auf sechsunddreißig Jahrhunderte gekommen war. Die Statue entsprach der Epoche der XVIII. Dynastie des alten Ägypten, und sie hatte oft eine sitzende Figur aus dieser Zeit im Britischen Museum bewundert. Die ägyptische Statue, aus schwarzem Granit gemeißelt wie alle anderen, besaß die gleiche Vollkommenheit wie diese.

Das Alien stand auf seinen sechs Gliedmaßen, in einer völlig ausgeglichen und harmonisch wirkenden Haltung, einen seiner beiden Köpfe ein wenig über den anderen erhoben. Zwischen der kettenförmigen Wölbung seines Rückgrats und der Parabel des Bauches lag die große, symmetrische Masse seines Körpers.

Sie verspürte eine seltsame Bescheidenheit, als sie ihm in diesem kleinen Raum gegenüberstand; denn dies war Schönheit, und zum erstenmal in ihrem Leben rührte sich in den Tiefen ihres Bewußtseins ein Wissen darüber, was Schönheit wirklich war: die Harmonie zwischen Menschlichkeit und Geometrie, zwischen dem Persönlichen und dem Unpersönlichen, zwischen dem Geist und dem Körper.

Jetzt erschauerte Mrs. Warhoon in ihrem pseudo-männlichen Mimikri. Sie sah viele Dinge, die sie, weil sie wichtig waren, nicht unbedingt sehen wollte.

Sie sah, daß hier eine zivilisierte Spezies lebte, die einen anderen Weg zur Vollendung gegangen war als die Menschen. Denn diese Spezies hatte von Anbeginn an und während ihrer ganzen Existenz (abgesehen von einer kurzen Unterbrechung) niemals im Konflikt mit der Natur und ihrer natürlichen Umwelt gelebt, die sie erhielt. Sie hatte stets zusammen mit ihr gelebt, in engem Kontakt. Als Folge davon war ihr Kampf um das Erreichen solcher Ziele, wie sie diese Statue symbolisierte – ah, der Philosoph und der Bildhauer, der Mann des Geistes und der Mann des handwerklichen Könnens waren hier eins gewesen! – ein Kampf mit dem natürlichen Ruhebedürfnis gewesen (›Trägheit‹ würden manche es nennen), während der Kampf des Menschen hauptsächlich nach außen gerichtet war, gegen Kräfte, die er als gegen sich gerichtet empfand.

So wahrhaftig Mrs. Warhoon all dies erkannte, und bevor sie es für ihren Bericht ausschmückte, war sie sicher, daß die Menschheit nicht anders konnte, als diese Lebensform mißzuverstehen, denn hier war ein Gegenstück zu ihm, das sich ihm weder widersetzen wollte oder konnte, noch vor ihm fliehen. Da diese Rasse keinen Schmerz kannte, und auch keine Furcht, würde sie dem Menschen immer fremd bleiben.

Sie legte einen Arm um die Flanke der Statue und lehnte ihre Schläfe an den polierten Stein.

Sie weinte.

Denn alle diese Eindrücke – die ihr wie auf Flügeln gekommen waren, als sie um die Statue herumgegangen war – hatten ihren Ursprung hauptsächlich in ihrem Intellekt und verflüchtigten sich sofort wieder. An ihrer Stelle erwuchs eine weibliche Wahrnehmung, die sie – später – nicht so leicht abstreiten konnte.

Sie erkannte das Menschliche in der Statue. Es war diese Menschlichkeit, die sie an die ägyptische Statue erinnert hatte. Sie sah es, obwohl dies eine Abstraktion war; aber doch behielt sie ihre Menschlichkeit, oder die Qualität, die Menchen Menschlichkeit nennen; und das war etwas, das die Menschheit verloren hatte und womöglich nie zurückgewinnen mochte. Sie weinte um diesen Verlust: um ihren Verlust, um aller Verlust.

In diesem Augenblick drangen Schreie in ihre Melancholie, gefolgt von Schüssen und dem Pfeifen und Heulen von Aliens. Captain Pestalozzi hatte Schwierigkeiten – oder er schuf sich welche.

Müde richtete sie sich auf und strich das Haar aus der Stirn. Sie sagte sich, daß sie albern sei. Ohne die Statue noch einmal anzusehen, ging sie zur Tür des Hauses.

Vier Schiffstage später war die *Gansas* bereit, zum nächsten Planeten zu starten.

Nach den Erfahrungen des ersten Tages, trotz allem, was eine etwas hysterisch wirkende Mrs. Warhoon sagen mochte, war man sich im allgemeinen darüber einig, daß die Aliens eine degenerierte Lebensform darstellten, noch tiefer stehend als Tiere und deshalb legitime Beute für die Launen des Menschen. Ein Jagdtag oder zwei würden niemand wehtun.

Natürlich stellte sich durch Luftbeobachtung bald heraus, daß nur ein paar hunderttausend dieser riesigen Sechsfüßler hier lebten, konzentriert um Suhlen und künstlich angelegte Sümpfe, und es gab unübersehbare Anzeichen, daß sie das Eindringen des alten Adam in ihr Eden mißbilligten. Aber es gelang, mehrere Exemplare von ihnen einzufangen und auf der *Gansas* in Käfige zu sperren; Mrs. Warhoons Statue wurde ebenfalls an Bord gebracht, zusammen mit anderen Artefakten unterschiedlicher Art und einer Kollektion einheimischer Pflanzen.

Enttäuschenderweise gab es nur wenige andere Lebensformen auf dem Planeten: einige vierflügelige Vogelarten, sechsbeinige Nager, Eidechsen, gepanzerte Fliegen, Fische und Schalentiere in den Flüssen und im Meer, eine interessante Spitzmausart, die in der arktischen Region entdeckt worden war und eine Ausnahme von der Regel zu sein schien, daß kleine warmblütige Tiere unter solchen Bedingungen nicht überleben konnten. Sonst kaum etwas. Methodisch begann die Exo-Sektion mit dem Aufbau ihrer Sammlung.

Sie waren bereit für die nächste Etappe ihrer Erkundungsreise.

Mrs. Warhoon ging mit dem Schiffsgeistlichen, dem Adjutanten, Lattimore und Quilter (der inzwischen zu Lattimores Assistenten befördert worden war) zu dem kleinen, mit einem Palisadenzaun gesicherten Haus, um sich von Samuel Melmoth, alias Aylmer Ainson zu verabschieden.

»Ich hoffe, daß ihm nichts passiert«, sagte Mrs. Warhoon.

»Mach dir keine Sorgen«, sagte Lattimore. »Er hat genug Munition auf Lager, um alles, was auf diesem Planeten lebt, zu erschießen.« Sein Erfolg bei dieser Frau irritierte ihn. Seit dem ersten Tag auf Pestalozzi, als sie plötzlich anlehnungsbedürftig geworden und in sein Bett gestiegen war, war sie weinerlich und unausgeglichen. Lattimore glaubte, ein leichthändiges Geschick zu besitzen, soweit es Frauen betraf, doch hätte er gerne irgendeinen Hinweis darauf gehabt, daß seine Aufmerksamkeit eine günstige Wirkung ausübte.

Er stand vor dem Gatter der Palisade; die Beinschienen drückten ihn, und er fühlte sich vage gekränkt vom Universum. Die anderen mochten sich seinetwegen von dem jungen Ainson verabschieden. Er hatte genug von den Ainsons.

Die Palisade bestand aus verstärktem Maschendraht, war etwa acht Fuß hoch und schloß ein Areal von etwa achtzig mal hundert Metern ein. Ein Bach floß durch das Gelände. Bei der Errichtung der Palisade war ein wenig Flurschaden entstanden; das Arbeitskommando, das mit ihrer Errichtung beauftragt worden war, hatte Pflanzen zertrampelt und Bäume gefällt, doch abgesehen davon repräsentierte die Enklave ein typisches Stück der Landschaft Pestalozzis. Am Ufer des Baches war eine Suhle, die zu einem der niedrigen Eingeborenenhäuser gehörte. Salat- und Gemüsebeete lagen neben der Suhle, und das ganze Terrain lag im Schatten der seltsamen riesigen Bäume.

Jenseits der Bäume stand die automatische Beobachtungsstation, deren Antennenmast elegant und schlank emporragte. Neben der Station befand sich ein aus Fertigteilen konstruiertes Haus mit acht Räumen, in dem Ainson wohnen sollte. Zwei der Räume waren für seinen persönlichen Gebrauch gedacht, die anderen enthielten alle Apparate und Geräte, die er brauchen würde, um die Sprache der Aliens aufzuzeichnen und zu analysieren, ein stattliches Waffenarsenal, Medikamente und andere Vorräte, das Elektro-Aggregat, und den Nahrungs-Synthesizer, der Wasser, Erde, Steine und alle möglichen anderen Stoffe in Nahrung verwandelte.

Jenseits der Werke des Menschen, in vorsichtigem Abstand und offensichtlich verlegen, ruhte ein weibliches Alien mit ihrem Sprößling. Beide hatten alle sechs Gliedmaßen eingezogen. Viel Glück euch allen, dachte Lattimore, und laßt uns so schnell wie möglich von hier verschwinden.

»Mögest du Frieden finden, mein Sohn«, sagte der Padre und drückte Ainsons Hand. »Denke während deines Jahres der Isolation immer daran, daß Gott stets bei dir ist.«

»Viel Glück bei Ihrer Arbeit, Melmoth«, sagte der Adjutant. »In einem Jahr sehen wir uns wieder.«

»Adios, Sam. Tut mir leid, daß ich dir ein blaues Auge verpaßt habe«, sagte Quilter und klopfte Ainson auf die Schulter.

»Sind Sie sicher, daß Sie sonst nichts brauchen?« erkundigte sich Mrs. Warhoon.

Nachdem er die Worte der anderen so gut wie möglich beantwortet hatte, wandte Aylmer sich um und humpelte zu seinem neuen Heim. Sie hatten ihm Krücken angefertigt, um die Schwerkraft zu kompensieren, doch er hatte sich noch nicht an sie gewöhnt. Er trat ins Haus und ließ sich auf das Bett fallen, verschränkte die Hände unter dem Kopf und hörte, wie die anderen mit dem Gleiter fortflogen.

KAPITEL 13

Die *Gansas,* oder vielmehr die verschiedenen Teams, die an Bord des Schiffes arbeiteten, fanden viele wundersame Dinge. Die Wissenschaft hatte selten eine so reiche Ernte einbringen können.

Bevor das Schiff von Pestalozzi startete, hatten Navigator Gleet und seine Mannschaft ihre Berechnungen abgeschlossen, die enthüllten, daß der Planet sich in einem außergewöhnlich exzentrischen Orbit bewegte.

Die Nächte auf Pestalozzi waren um diese Zeit einmalig schön. Kurz bevor die safranfarbene Sonne hinter dem westlichen Horizont versank, spalteten sich die länger werdenden Schatten, und ein heller, gelber Stern tauchte am südlichen Himmel auf. Dieser Stern, der mit dem nackten Auge kaum als Scheibe zu erkennen war, schien fast so hell wie der Vollmond auf der Erde. Und bevor er seinerseits durch die Umdrehung des Planeten hinter den Horizont gedrängt wurde, erschien ein zweiter Stern am Himmel, um das Licht nicht erlöschen zu lassen. Dies war ein willkommener weißer Stern, der bis zum Morgen strahlte und dessen Licht erst verglomm, wenn die safranfarbene Sonne wieder über dem Horizont erschien, um ihre Tagesaufgabe zu übernehmen.

Was Gleet, seine Kameraden und seine Computer herausfanden, war dies: daß die weiße, die gelbe und die safranfarbene Sonne ein Dreier-System bildeten und umeinander kreisten. Und einmal nach einer bestimmten Anzahl von Jahren kamen sie so nahe, daß sie die Umlaufbahn des Planeten Pestalozzi beeinflußten. Von der Masse der beiden anderen Sonnen angezogen, brach er aus seinem Orbit um einen der Rivalen aus. Wenn es, viele Jahre später, zu der gleichen Konstellation kam, schwenkte der Planet auf eine Umlaufbahn um die dritte Sonne ein und kehrte schließlich zu seinem ersten Partner zurück; es war wie ein Flirt bei einem Tanz mit mehreren Partnern.

Diese Entdeckung löste Verwunderung und emsige mathematische Berechnungen aus. Unter anderem erklärte sie die enorme

Widerstandskraft der Aliens, denn die großen Temperaturunterschiede, die sie ertragen mußten – gar nicht zu reden von der kataclysmischen Natur der durch die Sonnenwechsel hervorgerufenen Umwälzungen –, war etwas, das ein Mensch nur mit einem ehrfürchtigen Schaudern betrachten konnte.

Wie Lattimore bemerkte, war diese astronomische Tatsache allein schon eine ausreichende Erklärung für das träge Temperament und die Schmerzunempfindlichkeit der Aliens. Sie hatten sich unter Bedingungen entwickelt, die das irdische Leben fast unmittelbar nach seiner Entstehung zum Untergang verurteilt haben würde.

Die *Gansas* setzte ihre Erkundungsreise fort und landete auf vierzehn weiteren Planeten der sechs Sonnen dieses Systems. Auf vier von ihnen war menschliches Leben möglich, und auf dreien von diesen vier waren die Bedingungen sogar ideal. Diese drei waren für die Menschheit von besonderem Wert; sie wurden (der Padre setzte das beim Captain schließlich durch) Genesis, Exodus* und Numerus** benannt (nachdem man eingesehen hatte, daß niemand einen Planeten mit dem Namen Leviticus*** tolerieren würde).

Auf diesen Planeten, und auf vier anderen, wo Klima und Atmosphäre für Menschen unerträglich waren, wurden die Aliens gefunden. Obwohl ihre Zahl relativ niedrig war, wurde ihre außergewöhnliche Widerstandskraft so einwandfrei bestätigt.

Unglücklicherweise kam es zu einigen Zwischenfällen. Auf Genesis ließ man eine Gruppe runzelhäutiger Aliens an Bord kommen. Auf Mrs. Warhoons Betreiben wurden sie auf das Kommunikationsdeck gebracht, und dort versuchte sie, mit ihnen zu sprechen, zum Teil durch Laute und Gesten, zum Teil mit Hilfe von Visibildern, die Lattimore und Quilter auf einen Bildschirm projizierten. Sie imitierte Laute der Aliens, und die imitierten ihre Stimme. Die Omen waren recht vielversprechend, als sich durch einen unglücklichen Zufall plötzlich die gefangenen

---

*Engl. Bezeichnungen für das 1. und 2. Buch Mose.
**Engl. Bezeichnung für das 4. Buch Mose.
***Engl. Bezeichnung für das 3. Buch Mose; »levity« aber bedeutet Leichtsinn, Frivolität, wohl deshalb nicht zu tolerieren. –
Anm. d. Übers.

Aliens, die im darunterliegenden Deck untergebracht waren, bemerkbar machten.

Was sie sagten, konnte man nur raten, doch die Aliens begannen sofort und entschlossen zu fliehen. Quilter stellte sich ihnen mutig in den Weg. Er wurde zu Boden geworfen und bezahlte den Versuch, sie aufzuhalten, mit einem gebrochenen Arm.

Die Aliens klemmten sich im Lift fest und mußten getötet werden. Die Enttäuschung über diesen Fehlschlag war allgemein.

Auf einem der weniger einladenden Planeten, wo der Mensch, wie von allen zugegeben wurde, nur eine geringe Überlebenschance haben würde, geschah etwas noch Schlimmeres.

Der Planet hatte den Namen ›Gansas‹ erhalten. Er war der letzte, auf dem sie landeten, und man hätte annehmen können, daß die Nachricht von der Ankunft des Menschen ihnen vorausgeeilt wäre.

Auf dem abgelegenen und felsigen Plateau der nördlichen Hemisphäre lebte eine wilde Lebensform, die man ›Chitin-Bären‹ benannt hatte. Sie ähnelte einem kleinen Eisbären, hatte aber ein Fell aus abwechselnden Streifen von Chitin und langen, weißen Haaren. Er war überaus schnell, hatte scharfe Fänge und ein bösartiges Naturell. Obwohl seine normale Beute der kleine, gehörnte Wal war, der in den Meeren der gemäßigten Zone des Planeten Gansas lebte, hatte er eine besondere Vorliebe für die Sechsbeiner entwickelt, die in seinen Lebensraum eingedrungen waren.

Zweifellos war es diese Opposition, die es auf keinem der anderen Planeten dieser Sterngruppe gab, die bei den Aliens eine gewisse Aggressivität hervorgebracht hatte. Auf jeden Fall wurde die erste Gruppe, die auf eine Horde von neugierigen Aliens feuerte, unter Gegenbeschuß genommen. Die *Gansas,* völlig unvorbereitet für einen Kampf, lag plötzlich unter schwerem Beschuß von einer befestigten Stellung auf einer Klippe.

Das Schiff erhielt einen Volltreffer in eine der offenen Luken, bevor die Stellung vernichtet werden konnte.

Es kostete fünf Tage Arbeit rund um die Uhr, um die gröbsten Schäden zu reparieren, und eine weitere Woche geduldiger, zeitraubender Inspektionen, bis die Bordingenieure sicher waren,

daß alle Platten des Schiffsrumpfes durch den Beschuß keinen Schaden erlitten hatten.

Am Ende dieser Zeit war Mrs. Warhoon richtig aufgelebt.

»Was immer ich zu sehen glaubte, als ich diese Statue entdeckte, muß eine Art Geistesverwirrung gewesen sein«, sagte sie und lehnte sich fester an Lattimores Knie. »Ich war an diesem Tag völlig überspannt. Ich fühlte wirklich ... oh, ich hatte das seltsame Gefühl, daß der Mensch irgendwo auf dem Weg der Evolution in die falsche Richtung abgebogen war, oder so etwas.«

»Bewahr dir immer deine ersten Eindrücke«, riet Lattimore ihr. Jetzt, wo sie wieder normal geworden war, konnte er sich einen Scherz leisten.

»Sobald wir diese Aliens auf die Erde gebracht haben und sie Englisch lehren können, werde ich mich besser fühlen. Ich nehme meinen Beruf zu ernst; ein Zeichen von Unreife, nehme ich an. Aber wir werden so viele Erkenntnisse auszutauschen haben ... Oh, Bryant ... ich rede zu viel, nicht wahr?«

»Ich höre dir gerne zu.«

»Es ist so schön hier auf diesem Teppich.« Genüßlich fuhr sie mit der Hand über den Teppich, tastete genüßlich mit den Fingerspitzen über die abwechselnden Streifen von Pelz und Chitin.

Lattimore beobachtete sie mit einer Art zerstreuter Gier. Sie hatte schöne und geschickte Finger. Er sagte: »Morgen starten wir zur Erde. Ich möchte dich nicht aus den Augen verlieren, wenn wir wieder zu Hause sind, Hilary. Würdest du mir sagen, wie weit du Sir Mihaly Pasztor emotionell verbunden bist?«

Sie schien sich unbehaglich zu fühlen; vielleicht bemühte sie sich auch, zu erröten. Doch bevor sie antworten konnte, klopfte es an die Tür, und Quilter trat herein, mit Lattimores 0.5-Gewehr in der Hand. Er nickte Mrs. Warhoon zu, als sie sich vom Chitinteppich erhob und die Träger ihres Kleides zurechtzupfte.

»Es ist gründlich gereinigt und bereit für die nächste Aktion«, sagte er und legte die Waffe auf den Tisch, wobei sein Blick jedoch auf Mrs. Warhoon ruhen blieb. »Und da wir von Aktion sprechen; wir kriegen Ärger im Mannschaftsdeck, wenn nicht bald etwas unternommen wird.«

»Wieso Ärger?« fragte Lattimore träge, setzte seine Brille auf und bot beiden Mescahales an.

»Von derselben Sorte, die wir damals auf der *Mariestopes* hatten«, sagte Quilter. »All diese Rhinozerosmenschen, die wir an Bord haben – sie machen eine Menge Mist. Die Männer weigern sich, den Dreck ohne Schmutzzulage wegzuräumen. Aber ich glaube, was sie wirklich verärgert hat, ist die Panne an dem Nahrungs-Synthesizer im H-Deck, und daß sie seit heute vormittag altmmodische Mahlzeiten aus Fleisch von Tieren zu essen bekommen. Die dämlichen Köche glaubten, daß niemand etwas merken würde, aber ein paar von den Jungen mußten mit Cholesterol-Vergiftung ins Bordlazarett eingeliefert werden.«

»Was für ein Saustall ist dieses Schiff!« rief Lattimore, ganz und gar nicht unzufrieden, denn je mehr er von den Unzulänglichkeiten anderer Menschen hörte, desto höher konnte er seine eigenen Fähigkeiten einschätzen. Mrs. Warhoon paßte es überhaupt nicht, besonders, weil sie die Kameraderie mißbilligte, die sich zwischen Bryant und Quilter entwickelt hatte.

»Fleisch von Tieren ist nicht giftig«, sagte sie. »In den rückständigen Gebieten der Erde wird es nach wie vor ständig gegessen.« Sie hatte nicht den Mut, ihnen zu sagen, wie sehr sie es selbst genossen hatte, als sie in der Abgeschlossenheit von Pasztors Wohnung mit ihm diniert hatte.

»Mag sein, aber wir sind nun mal zivilisiert und nicht rückständig«, sagte Quilter und zog Mescahale-Staub in seine Lungen. »Und deshalb weigern sich die Leute, den Dreck der Aliens wegzuschaffen.«

Mrs. Warhoon sah das sardonische Grinsen auf den Gesichtern beider Männer; derselbe Ausdruck erschien auch ziemlich häufig auf Mrs. Warhoons Gesicht. Wie eine Enthüllung kam ihr die Erkenntnis, wie sehr sie diese männliche Überlegenheit haßte, und die Erinnerung an die sanfte und herrliche Statue auf Pestalozzi half ihr, sie zu hassen.

»Ihr Männer seid alle gleich!« schrie sie. »Ihr seid so völlig von den grundlegenden Realitäten abgeschnitten, wie es einer Frau unmöglich wäre. Ob es uns paßt oder nicht, wir sind eine Spezies von Fleischfressern und waren es von Anbeginn an. Fleisch von

Tieren ist nicht giftig. Wenn jemand krank wird, nachdem er es gegessen hat, so ist es nur seine Angst, die ihn vergiftet. Und diese stupide Angst vor Exkrementen – könnt ihr nicht begreifen, daß die Ausscheidungsprodukte den armen, unglücklichen Wesen, die wir gefangen halten, ein Symbol der Fruchtbarkeit sind? Daß sie die Mineralstoffe ihres Metabolismus' zeremoniell ihrer Erde zurückgeben, wenn sie sie nicht mehr brauchen? Mein Gott, was ist denn so widerlich daran? Ist das etwa abstoßender als irdische Religionen, bei denen lebende Menschen für angebliche Götter geopfert werden? Das Schlimme an unserer Kultur ist, daß sie auf der Angst vor Schmutz, vor Gift und vor Exkrementen basiert. Ihr glaubt, daß Exkremente gefährlich sind, doch es ist allein die Angst vor ihnen, die gefährlich ist!«

Sie warf ihr Mescahale auf den Boden und zertrat es so gründlich, als ob sie damit alles Künstliche vernichten wollte. Lattimore hob eine Braue, als er sie anblickte.

»Was ist in dich gefahren, Hilary? Niemand hat Angst vor dem Zeug. Es widert uns nur an. Wie du ganz richtig gesagt hast, ist es ein Ausscheidungsprodukt, Abfall. Okay, also betrachte es auch als Abfall und geh nicht davor auf die Knie! Kein Wunder, daß diese gottverdammten Rhinozerosmenschen nichts erreicht haben, wenn sie ihr Leben nach diesem Zeug ausrichten.«

»Außerdem«, sagte Quilter sachlich, denn er war an unsachliche Ausbrüche von Frauen gewöhnt, »weigern sich unsere Leute nicht wirklich, das Zeug wegzuschaufeln. Sie weigern sich nur, es ohne Schmutzzulage zu tun.«

»Ihr beide begreift überhaupt nicht, was ich sagen will«, rief Mrs. Warhoon hitzig und fuhr sich mit ihren schönen, geschickten Fingern durchs Haar.

»Das reicht, Hilary«, sagte Lattimore scharf. »Komm endlich von deinem koprophilen Trip und nimm dich zusammen!«

Am folgenden Tag hob die *Gansas* ab und verließ den unfreundlichen Planeten, in ihren Frachträumen lebende Organismen, mit ihren Hoffnungen, ihren Phobien, ihrer Größe und ihren Unzulänglichkeiten, die sie transponential und transzendental zu dem Planeten Erde trug.

KAPITEL 14

Der alte Aylmer lag im Halbschlaf. Er widersetzte sich hartnäckig allen Bemühungen Snok Snok Karns, ihn zu wecken, bis der junge Utod ihn mit vier seiner Gliedmaßen aufhob und sanft schüttelte.

»Du mußt dich zum vollen Wachzustand bringen, mein lieber Beinmensch«, sagte Snok Snok. »Nimm deine Krücken und komm zur Tür!«

»Meine alten Knochen sind steif, Snok Snok. Aber ich genieße diesen Zustand sogar, solange ich mich in der horizontalen Lage befinde.«

»Du bereitest dich auf die Aas-Phase des Lebens vor«, sagte der Utod. Er hatte sich im Lauf vieler Jahre dazu erzogen, nur durch seine Casspu- und Mundöffnungen zu sprechen; auf diese Weise konnten er und Ainson einigermaßen miteinander reden. »Wenn du dich in Aas verwandelt hast, werden Mutter und ich dich unter den Ammp-Bäumen einpflanzen, damit du in deinem nächsten Zyklus ein Utod wirst.«

»Vielen Dank. Aber ich bin sicher, daß du mich nicht aufgeweckt hast, um mir das zu sagen. Was ist los?«

Das war eine Formulierung, die Snok Snok in den vierzig Jahren des Zusammenseins mit Ainson nie begriffen hatte. Er überging sie.

»Beinmenschen sind auf dem Weg hierher. Ich habe sie auf einem rundfüßigen Vierbeiner auf unsere Suhlen zukommen sehen.«

Ainson schnallte seine Beinschienen an.

»Menschen? Das kann ich nicht glauben, nach all den Jahren.«

Er nahm seine Krücken auf und ging den Korridor entlang zur Tür. Zu beiden Seiten des Korridors waren Türen, die seit vielen Jahren nicht geöffnet worden waren, Türen, die Räume verschlossen, in denen Waffen und Munition, verschiedene Apparate und Geräte und verfaulte Vorräte lagerten; er kümmerte sich um dieses Material genau so wenig wie um die automatische Beobachtungsstation, die längst, samt ihrem Antennenmast, durch die majestätische Gewalt von Dapdrofs Stürmen und seiner Gravitationskräfte zerstört worden war.

Die Grorgs liefen Snok Snok und Ainson voraus und stürzten sich in die Suhle, in der Quequo es sich bequem gemacht hatte. Snok Snok und Ainson blieben in der Haustür stehen und blickten durch das Drahtgeflecht der Palisade. Ein vierrädriger Overlander stoppte gerade vor dem Gatter.

Vierzig Jahre, dachte Ainson, vierzig Jahre Ruhe und Frieden – wenn sie auch nicht immer befriedigend gewesen waren – und jetzt müssen sie hier auftauchen und mich stören! Warum lasen sie mich nicht in Frieden sterben? Ich hätte das sicher vor der nächsten Esode geschafft, und ich habe nichts dagegen, unter den Ammp-Bäumen begraben zu werden.

Er pfiff seinen Grorg zurück und blieb abwartend stehen. Drei Männer sprangen von dem Overlander.

Einem Einfall folgend trat Ainson in den Korridor zurück, stieß die Tür zu der kleinen Waffenkammer auf und blieb eine Weile stehen, um seine Augen an das Halbdunkel zu gewöhnen. Alles war mit einer dicken Staubschicht bedeckt. Er öffnete einen Metallbehälter und nahm ein matt-glänzendes Gewehr heraus. Aber die Munition? Wo war die verpackt? Er starrte angewidert auf das Durcheinander von Kisten und Behältern, ließ das Gewehr auf den staubbedeckten Boden fallen und schlurfte den Korridor entlang. Er hatte sich auf Dapdrof zu sehr mit Frieden infiziert, um in seinem Alter noch schießen zu können.

Einer der Männer vom Overlander hatte fast die Haustür erreicht. Seine beiden Begleiter waren am Gatter der Palisade zurückgeblieben.

Ainson runzelte unsicher die Stirn. Wie sprach man Vertreter der eigenen Art an? Und besonders bei diesem schien das nicht leicht zu sein. Obwohl er ein wenig älter war als Ainson, hatte er nicht vierzig Jahre lang unter einer Schwerkraft von 3 G gelebt. Er trug eine Uniform; zweifellos hatte der Dienst seinen Körper kräftig und gesund erhalten, ganz egal, welchen Einfluß er auf seinen Verstand genommen haben mochte. Sein Gesicht zeigte den wohlgenährten, doch scheinheiligen Ausdruck von jemand, der an der Tafel eines Bischofs diniert hat.

Festino -82-

»Sind Sie Samuel Melmoth, von der *Gansas*?« fragte der Soldat. Er stand in gelockerter, neutraler Haltung, die Beine gegrätscht, um die Schwerkraft aufzufangen, und blockierte den Ausgang mit seinem kräftigen Körper. Ainson starrte ihn verwirrt an; bekleidete Zweibeiner wirkten fremdartig, wenn man an diese Erscheinung nicht gewöhnt war.

»Melmoth?« wiederholte der Soldat.

Ainson hatte keine Ahnung, was der Mann meinte. Und ihm fiel auch nichts ein, das man als passende Antwort betrachten konnte.

»Kommen Sie, kommen Sie!« sagte der Soldat ungeduldig. »Sie sind Melmoth von der *Gansas,* nicht wahr?«

Wieder lösten die Worte nur Verwirrung aus.

»Er hat einen Fehler gemacht«, sagte Snok Snok und blickte den Mann prüfend an.

»Können Sie Ihre Aliens nicht in ihren Suhlen halten? Sie sind Melmoth; jetzt erkenne ich Sie. Warum antworten Sie mir nicht?«

Vage Erinnerung an eine uralte Formel regte sich in Ainsons Gehirn. Bei den Ammps, es war reine Agonie!

»Sieht nach Regen aus«, sagte er.

»Sie können wirklich sprechen! Tut mir leid, daß Sie so lange auf Ablösung warten mußten. Wie geht es Ihnen, Melmoth? Sie erinnern sich nicht mehr an mich, oder?«

Verwirrt starrte Ainson die militärische Gestalt an, die vor ihm stand. Er erinnerte sich an niemand mehr, den er auf der Erde gekannt hatte, außer an seinen Vater.

»Ich fürchte ... Es ist so lange her ... Ich bin immer allein gewesen.«

»Einundvierzig Jahre nach meiner Rechnung. Ich bin Quilter, Hank Quilter, Captain des Stern-Kreuzers *Hightail* ... Quilter. Erinnern Sie sich nicht mehr?«

»Es ist so lange her ...«

»Ich habe Ihnen einmal das Auge blaugeschlagen. Das hat all die Jahre auf meinem Gewissen gelastet. Als ich in diesen Schlachten-Sektor kommandiert wurde, habe ich die Gelegenheit ergriffen, auf diesem Planeten zu landen und Sie aufzusuchen.

Ich bin glücklich, daß Sie mir nichts nachtragen, obwohl es den Stolz eines Menschen verletzt, wenn er erfährt, daß man ihn vergessen hat. Wie stehen die Dinge auf Pestalozzi?«

Ainson wollte nett zu diesem Burschen sein, der ihn zu mögen schien, aber irgendwie gelang es ihm nicht, die richtigen Worte zu finden.

»Eh ... Pesta ... Pesta ... All die Jahre habe ich hier auf Dapdrof festgesessen.« Dann fiel ihm etwas ein, das ihn seit – oh, vielleicht bis vor zehn Jahren bedrückt haben mußte, doch zehn Jahre war längst Vergangenheit. Er lehnte sich an den Türpfosten, räusperte seine Kehle frei und sagte: »Warum sind sie nicht zu mir zurückgekommen, Captain ... er, Captain ...«

»Captain Quilter. Hank Quilter. Ich bin wirklich erstaunt, daß Sie sich nicht mehr an mich erinnern. Ich erinnere mich sehr deutlich an Sie, und ich habe während der letzten Jahre eine Menge ... Aber das ist fast schon Geschichte, und Ihre Frage verlangt nach einer Antwort. Darf ich eintreten?«

»Eintreten? Oh, natürlich, treten Sie ein.«

Captain Quilter blickte über die Schulter des alten Krüppels, schnüffelte und schüttelte den Kopf. Offensichtlich war der alte Knabe auf das Niveau der Eingeborenen herabgesunken und lebte mit diesen Schweinen zusammen.

»Vielleicht wäre es doch besser, wenn Sie zu unserem Fahrzeug kämen. Ich habe einen Schluck Whisky dabei, den Sie sicher gebrauchen können.«

»Eh ... okay. Können Snok Snok und Quequo auch mitkommen?«

»Um Gottes willen! Diese beiden Schwergewichte? Sie stinken ... Sie sind vielleicht daran gewöhnt, Melmoth, aber ich bin es nicht. Kommen Sie, ich helfe Ihnen!«

Verärgert stieß Ainson den angebotenen Arm zurück. Auf seine Krücken gestützt, humpelte er los.

»Es dauert nicht lange, Snok Snok«, sagte er in der Sprache, die sie für ihre Verständigung entwickelt hatten. »Ich muß nur eine kleine Sache in Ordnung bringen.«

Mit Befriedigung stellte er fest, daß er weniger schwer atmete als der Captain. Im Overlander ruhten sie sich eine Weile aus, von den beiden anderen Soldaten mit verstohlenem Interesse beobachtet. Mit einer fast entschuldigend wirkenden Geste bot der Captain ihm die Flasche an, und als Ainson sie zurückwies, nahm er selbst einen ausgiebigen Schluck Whisky. Ainson versuchte währenddessen, sich ein paar passende, freundliche Worte einfallen zu lassen.

Doch alles, woran er denken konnte, war: »Sie sind nicht zu mir zurückgekommen, Captain.«

»Daran waren allein die Umstände schuld, Melmoth. Sie hatten Glück, daß Sie hier waren, glauben Sie mir! Auf der Erde hatten wir eine Menge Kummer. Vielleicht sollte ich Ihnen etwas darüber erzählen.

Erinnern Sie sich an die alten begrenzten Konflikte, die auf Charon ausgetragen wurden? Nun, der anglo-brasilianische Krieg war außer Kontrolle geraten. Die Briten verstießen gegen die damals gültigen Kriegsregeln; es wurde ihnen nachgewiesen, daß sie einen Meister-Forscher eingeschmuggelt hatten, also einen Menschen mit einer höheren beruflichen Qualifikation, durch die er von der Teilnahme an bewaffneten Konflikten ausgeschlossen war – damit er und andere Experten nicht ihr überlegenes Wissen dazu gebrauchten, um für ihre Seite unfaire Vorteile zu erringen, müssen Sie wissen. Ich habe den ganzen Zwischenfall auf der Militärakademie studiert, aber man vergißt die Einzelheiten im Laufe der Zeit. Auf jeden Fall ist dieser Forscher, Ainson, von Charon zur Erde zurückgebracht und vor Gericht gestellt worden, und man hat ihn erschossen, und die Brasilianer behaupten, er habe Selbstmord begangen, und die Briten sagten, die Brasilianer hätten ihn erschossen, und schließlich wurden die Vereinigten Staaten mit hineingezogen – weil ein Revolver amerikanischer Fabrikation in seiner Zelle gefunden wurde – und bevor es sich jemand versah, brach ein Krieg aus, wie in alter Zeit.«

Der alte Ainson war durch diesen Bericht so verwirrt worden, daß er nicht wußte, was er sagen sollte. Die Erwähnung seines Namens hatte ihn völlig durcheinander gebracht.

»Glauben Sie, daß ich erschossen worden bin?« fragte er.

Quilter nahm einen großen Schluck Whisky.

»Wir wußten nicht, was mit Ihnen geschehen ist. Im Jahr 2037 brach der Internationale Krieg auf der Erde aus, und wir haben Sie irgendwie vergessen; obwohl in diesem Sektor eine ganze Reihe von Schlachten ausgetragen wurden, besonders um Genesis und Numerus.

Die beiden Planeten sind praktisch zerstört worden. Clementina hat auch sein Teil bekommen. Sie haben Glück gehabt, daß hier nur konventionelle Streitkräfte eingesetzt worden sind. Haben Sie denn nichts von den Kämpfen bemerkt?«

»Kämpfe auf Dapdrof?«

»Kämpfe auf Pestalozzi.«

»Keine Kämpfe hier. Was dort passiert ist, weiß ich nicht.«

»Auf dieser Hemisphäre sind sie Ihnen anscheinend erspart geblieben. Die nördliche Hemisphäre ist praktisch ausgebrannt, wenn ich danach gehen will, was ich beim Anflug gesehen habe.«

»Sie sind nie zu mir zurückgekommen.«

»Verdammt, ich versuche doch, Ihnen das zu erklären. Trinken Sie einen Schluck, das wird Sie beruhigen. Nur einige wenige Menschen haben von Ihnen gewußt, und die meisten von ihnen sind vermutlich längst tot. Ich habe meinen Hals riskiert, um zu Ihnen zu kommen. Jetzt, wo ich Kommandant eines Schiffes bin, biete ich Ihnen an, Sie nach Hause zurückzubringen. Von England ist allerdings nur ein kleiner Rest übriggeblieben, aber in den Staaten sind Sie jederzeit willkommen. Eine Art Wiedergutmachung für das blaue Auge, was? Einverstanden?«

Ainson nuckelte an der Flasche. Er konnte nicht begreifen, daß er jetzt zur Erde zurückkehren sollte. Da war so viel, was er vermissen würde. Aber ein Mensch mußte irgendwann nach Hause gehen, und da war seine Aufgabe ... »Da fällt mir ein, Captain, daß ich die ganzen Bänder habe, und Aufzeichnungen und Wörterbücher und so weiter.«

»Was ist mit dem Zeug?«

»Jetzt haben *Sie* etwas vergessen. Das Zeug, für das ich hier abgesetzt worden bin. Ich habe einen guten Teil der utodianischen Sprache analysiert und aufgezeichnet – der Sprache dieser ... Aliens, wissen Sie.«

Quilter schien sich sehr unbehaglich zu fühlen. Er wischte sich mit der Faust über die Lippen.

»Vielleicht können wir das ein anderes Mal abholen.«

»Was, in noch einmal vierzig Jahren? Oh, nein. Ohne die Sachen kehre ich nicht zur Erde zurück, Captain. Es ist schließlich mein Lebenswerk.«

»Ja, das stimmt«, sagte Quilter seufzend. Ein Lebenswerk. Und wie oft hat ein Lebenswerk keinerlei Bedeutung, außer für den, der es geschaffen hat. Er hatte nicht den Mut, diesem armen, alten Wrack zu sagen, daß die Aliens praktisch ausgestorben waren, ausgelöscht durch die Kriegswirren auf allen Planeten des Sechs-Sterne-Haufens, mit Ausnahme von einigen Hundert auf der südlichen Hemisphäre Pestalozzis.

»Wir werden alles mitnehmen, was Sie mitnehmen wollen, Melmoth«, sagte er ernst. Er stand auf, strich seine Uniform glatt und winkte die beiden Soldaten heran, die neben dem Overlander standen.

»Bonn, Wilkinson, fahren Sie den Laster zur Tür des Hauses und laden Sie Mr. Melmoths Sachen auf.«

Es ging alles viel zu schnell für Ainson. Er fühlte Tränen in seine Augen steigen. Quilter klopfte ihm auf den Rücken.

»Machen Sie sich keine Sorgen. Auf irgendeiner Bank muß ein Haufen Kredits für Sie liegen. Ich werde dafür sorgen, daß Sie jeden Cent bekommen, der Ihnen zusteht. Sie müssen doch froh sein, dieser furchtbaren Schwerkraft entkommen zu können.«

Der alte Mann hustete und setzte eine seiner Krücken vor. Wie konnte er der lieben, alten Quequo Lebewohl sagen, die sich so viel Mühe gegeben hatte, ihn etwas von ihrer Weisheit zu lehren? Und Snok Snok ... Er begann zu weinen.

Quilter wandte ihm taktvoll den Rücken zu und blickte auf das steife Frühlingslaub an den Bäumen.

»Es ist der ungewohnte Whisky, Captain«, sagte Ainson nach einer Weile. »Haben Sie vorhin gesagt, daß England zerstört ist?«

»Nun machen Sie sich nur keine Gedanken darüber, Melmoth. Es ist jetzt wirklich schön, auf der Erde zu leben, und ich schwöre Ihnen, daß es die Wahrheit ist. Das Leben wird zwar vorläufig noch etwas reglementiert, aber alle nationalen Interessengegensätze sind beigelegt, zumindest vorläufig. Der ganze Planet ist von einem Wiederaufbaufieber gepackt – der Krieg hat natürlich gewaltige technologische Fortschritte mit sich gebracht. Ich wünschte, ich wäre zwanzig Jahre jünger.«

»Aber Sie sagten, daß England . . .«

»Sie dämmen jetzt die halbe Nordsee ein, um eine neue Erddecke für die disintegrierten Gebiete zu gewinnen, und London wird wieder aufgebaut – natürlich etwas bescheidener.«

Er legte freundschaftlich seinen Arm um die gebeugten Schultern und dachte daran, was für eine lange Zeitspanne voller Geschichte in diesem schmalen Gefäß ruhte.

Der alte Mann schüttelte energisch den Kopf und schleuderte Tränen nach beiden Seiten.

»Ich fürchte, daß ich nach all den Jahren jeden Kontakt verloren habe. Ich glaube nicht, daß ich jemals wieder Beziehungen zu Menschen finden kann.«

Bewegt schluckte Quilter den Kloß hinunter, der sich in seiner Kehle gebildet hatte. Vierzig Jahre! Kein Wunder, daß der alte Knabe sich verloren fühlte. Wie die Journalisten diese Story fressen würden!

»Das ist doch Unsinn. Sie und ich haben uns doch nach ganz kurzer Zeit gut verstanden, nicht wahr, Melmoth?«

»Ja, ja, das stimmt, Captain Quinto.«

Endlich holperte das Militärfahrzeug von der Palisade fort. Mit herausgestreckten Gliedmaßen standen die beiden Utoden am Rand ihrer Suhle und blickten ihm nach, bis er außer Sicht war. Erst dann wandte sich der jüngere um und blickte den älteren an. Sprache, die dem menschlichen Gehör unerreichbar war, gab ihren Gedanken Ausdruck.

Der jüngere Utod ging in das verlassene Gebäude. Er untersuchte die Waffenkammer. Die Soldaten hatten sie unberührt gelassen, auf Befehl dessen, der über den Tod so vieler Utoden gesprochen hatte. Befriedigt wandte er sich um und ging ohne stehenzubleiben aus dem Haus und aus dem Gatter der Palisade. Für eine kurze Spanne seines Lebens war er ein geduldiger Gefangener gewesen. Jetzt wurde es Zeit, an die Freiheit zu denken.

Und es wurde auch Zeit, daß der verbliebene Rest seiner Brüder an Freiheit dachte.